I0643572

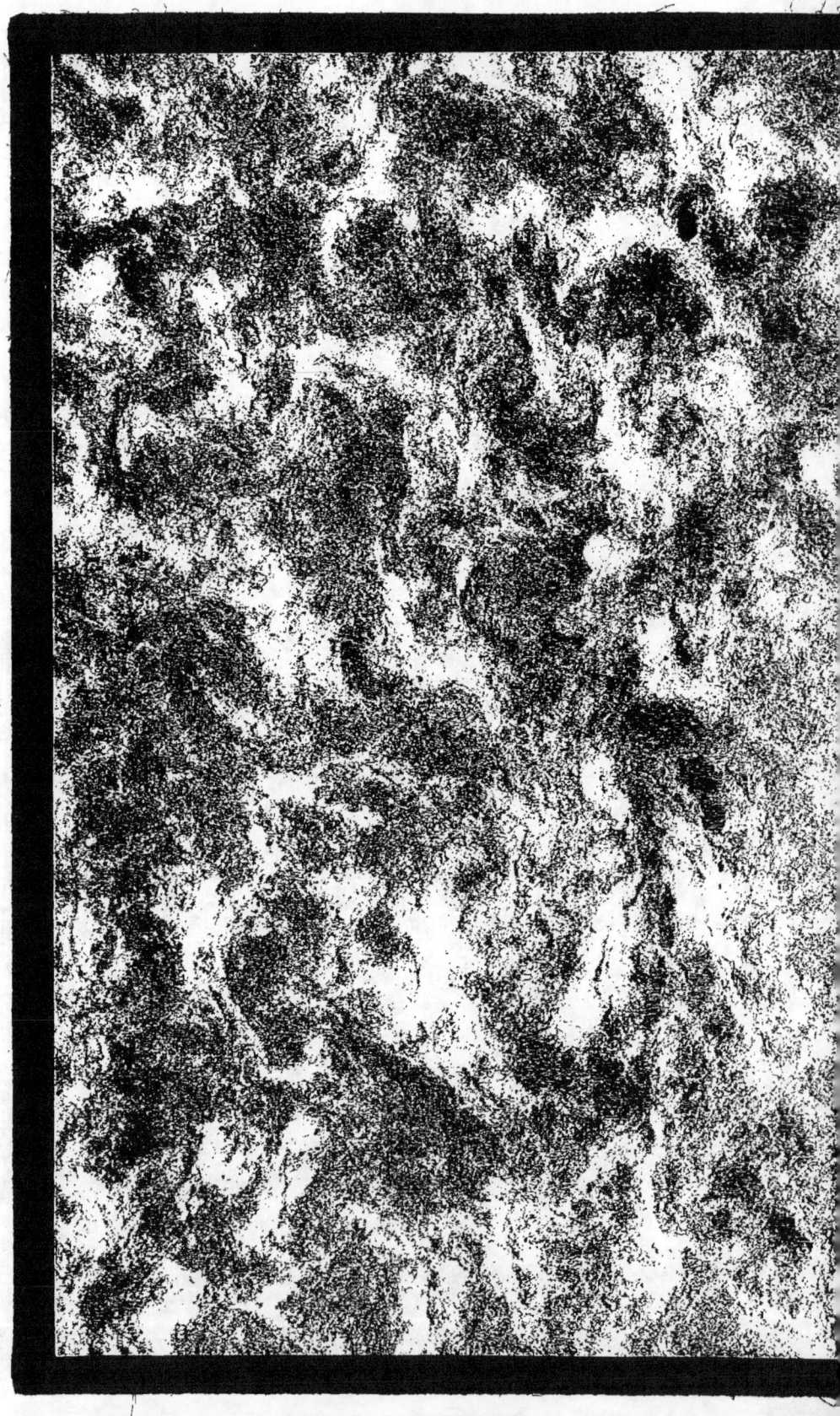

C.HOUDART 1971

L'AMOUR

ET

L'ARGENT

PAR

JULES DE GASTYNE

PARIS

E. DENTU, ÉDITEUR

LIBRAIRE DE LA SOCIÉTÉ DES GENS DE LETTRES

PALAIS-ROYAL, 15-17-19, GALERIE D'ORLÉANS

L'AMOUR

ET

L'ARGENT

2066

8°Y²
70/40.

LIBRAIRIE E. DENTU, ÉDITEUR

~~~~~~~~

DU MÊME AUTEUR :

LA FEMME NUE, 5ᵉ édition, 1 vol . . . . 3 fr.

FARANDOLE, 2ᵉ édition, 1 vol. . . . . . . 3 fr.

LES TRIPOTEURS, 1 vol. . . . . 3 fr.

L'ÉCUYÈRE MASQUÉE, 1 vol. . . . . . . 3 fr.

~~~~~~~~~~~~~~~~~

L'AMOUR

ET

L'ARGENT

PAR

JULES DE GASTYNE

PARIS

E. DENTU, ÉDITEUR

LIBRAIRE DE LA SOCIÉTÉ DES GENS DE LETTRES

PALAIS-ROYAL, 15-17-19, GALERIE D'ORLÉANS

—

1884

Tous droits réservés.

L'AMOUR ET L'ARGENT

PREMIÈRE PARTIE

I

— C'est le notaire de M. le comte.

A peine ces mots furent-ils tombés de la bouche d'un grand valet de pied, la tenue raide et correcte, vêtu d'une livrée un peu fanée, mais de bonne coupe, qu'un homme de cinquante-cinq ans environ, aux traits fortement accentués, les yeux clairs, portant la moustache et la royale, grisonnantes comme les cheveux, quitta le livre qu'il lisait et se levant à demi de son fauteuil :

— Faites entrer !

Un homme gros, court, la figure rasée, les traits épais, un large sourire épanoui sur les lèvres, en cravate blanche et en redingote boutonnée, apparut presque aussitôt dans l'entre-bâillement de la porte.

— Je ne dérange pas monsieur le comte? fit-il avant même d'être entré.

— Vous ne me dérangez jamais, mon cher Vernaudon, répondit le gentilhomme, qui indiqua au visiteur un siège de la main.

— Monsieur est mille fois trop bon...

L'arrivant, un peu essoufflé, respira bruyamment deux ou trois fois, s'inclina encore, prit une chaise et déposa sur la table placée entre lui et son client une volumineuse serviette bourrée de papiers qui débordaient.

— Je suis venu, commença le notaire, pour vous faire part du petit inventaire...

— Vous avez déjà terminé ?

— Oui, monsieur... Monsieur le comte sait combien je mets de zèle...

Le gentilhomme sourit.

— Oui, oui, je sais...

Vernaudon remuait en hâte ses papiers. Il choisit dans le tas quelques feuilles barbouillées de chiffres, qu'il étala devant lui.

— Malheureusement... commença-t-il...

Le comte dressa la tête.

— Mauvais début, murmura-t-il avec une légère grimace de désappointement, voilà un adverbe qui ne me fait augurer rien de bon.

— Hélas ! monsieur le comte, dit le notaire

d'un air contrit... Je voudrais vous donner de meilleures nouvelles. Malheureusement...

Le client fit une nouvelle grimace.

— Encore votre maudit adverbe. Voyons, mon cher Vernaudon, vous me mettez sur le gril, dites-moi la vérité tout de suite. Ma situation est-elle vraiment si mauvaise que cela?

— Monsieur est ruiné, ou à peu près, fit nettement le notaire.

— Ah! s'écria le comte, qui se leva...

Il était devenu fort pâle et se mit à marcher avec agitation dans la pièce...

— Ruiné! murmura-t-il... Ruiné!... Et je ne m'en doutais pas!... Et je continuais à vivre tranquillement comme d'habitude !

— Il ne reste plus guère d'intact, reprit le notaire, que la petite ferme...

— Ah! celle-là est sacrée, fit vivement le gentilhomme...

— Je le sais, monsieur...

— C'est un bien qui m'est venu de ma femme...

— C'était la seule fortune, je crois, de Mme la comtesse?

— Sa fortune?... Non. Sa vraie fortune, c'était sa beauté, c'était son cœur. Si elle avait vécu, je ne serais pas aujourd'hui où j'en suis...

— Il y a longtemps déjà que Mme la comtesse est morte? interrogea le notaire.

— Dix ans !...

— Dix ans ! murmura Vernaudon, comme le temps passe !... Monsieur le comte, si je ne me trompe, avait contracté un mariage d'amour? Ça ne se fait plus guère aujourd'hui, ces mariages-là...

— Aujourd'hui, on préfère les mariages d'argent, je le sais... dit le gentleman.

— Dame, l'argent, c'est pratique... Ça se monnaie... ça tient dans la main... tandis que l'amour... ça se dissipe, ça se volatilise, et une fois parti...

Le comte n'écoutait plus le notaire. Il continuait sa promenade agitée dans le cabinet, dont son talon martelait fiévreusement le tapis. La pièce était meublée avec goût et avec luxe, tendue de tapisseries anciennes, encombrée de bronzes et de plantes grasses, avec des bahuts de vieux chêne le long des murs. Les deux fenêtres étaient éclairées par des vitraux gothiques... Une vaste bibliothèque chargée de livres richement reliés prenait tout un côté du cabinet...

On était en novembre. Un feu de bois clair brillait dans la cheminée, mettant des reflets dorés sur les cuirs sombres des fauteuils. Un silence profond, que le notaire n'osait pas rompre, s'était fait... On entendait le tic tac régulier d'une pendule de bronze, et, de temps à autre, les fenêtres tremblaient, agitées par le passage de quelque voiture au dehors. Le jour était humide et bas...

Tout à coup, le gentilhomme s'arrêta, et regardant le notaire fixement :

— N'allez pas croire au moins, mon cher Vernaudon, que ce soit pour moi que je regrette ce qui arrive...

— Oh ! je sais que monsieur est au-dessus des questions d'argent, fit l'officier ministériel. Monsieur le comte n'a jamais su compter ; il a dépensé, sans se demander si c'était le revenu ou le capital qui s'en allait... Monsieur n'est pas de son temps, qu'il me permette de le lui dire. Il est trop grand, trop généreux, à une époque où tout le monde calcule et se serre le ventre pour paraître. Dame, les frais augmentent d'année en année, et quand les revenus ne suivent pas la même progression...

— Enfin, dit le gentleman, légèrement agacé, je ne suis pas un homme d'affaires.

— C'est ce que je me suis tué souvent à dire à monsieur le comte.

— Et il faut être homme d'affaires aujour-
d'hui pour ne pas se ruiner !...

— Il faut au moins s'occuper de ses propres
affaires, dit Vernaudon. Vous m'avez fait l'honneur de me prévenir trop tard...

— Vous ne m'avez jamais refusé l'argent que
je vous demandais ! fit le gentilhomme un peu
durement.

— Je n'aurais jamais osé me permettre...

— Il fallait oser ! Il fallait me dire que mon
capital s'en allait... que si je continuais... que
sais-je, moi ? Il fallait me crier casse-cou à
temps !...

— Je me suis hasardé à deux ou trois reprises
à vous faire de respectueuses et timides obser-
vations...

— Eh ! c'est bien pour cela... Ces observa-
tions étaient trop respectueuses et trop timides.
Je n'y ai pas cru, ou, du moins, je n'y ai pas
attaché d'importance. Vous auriez dû me dire
les choses carrément, brutalement. J'aurais
compris !...

— Que monsieur me pardonne ! fit le notaire,
abasourdi, mais si j'avais su.

— Enfin, dit le comte... Il est trop tard maintenant... Ce n'est pas votre faute, c'est la mienne.
Ce qui est fait est fait. Si j'étais seul au monde,

je ne serais pas embarrassé... Mais c'est mon
fils... Comment lui apprendre?...

— M. le vicomte va faire son volontariat bientôt ?

— Il part dans huit jours.

— N'avait-on pas parlé pour lui d'un mariage? Que monsieur me pardonne si je l'inter-
roge ; mais l'intérêt que je porte à tout ce qui
touche monsieur le comte...

— Il aime une jeune fille avec laquelle il a été
élevé : Jeanne de Grandvilliers.

— Les Grandvilliers sont riches?

— Très riches...

— Le père n'est-il pas un peu... Comment
dirai-je?... Un peu dur en affaires ?...

— Avare... Allez, dites le mot! Il n'a pas
mangé sa fortune, lui. Ses revenus se sont
accru tous les ans, tandis que les miens ont fait
le contraire. Nous avions pourtant eu un héritage
à peu près semblable... Nous sommes partis du
même point, mais nous sommes arrivés à un
but différent... Mon fils aurait désiré que j'al-
lasse demander, avant son départ, la main de
Mlle de Grandvilliers... C'est pour faire cette
démarche que j'avais voulu me rendre compte
de ce que je pouvais lui donner... Mais maintenant, je crains bien que ses projets... Et il

l'aime comme un fou... Mon pauvre enfant!...

Le comte se laissa tomber sur un fauteuil, accablé, et se prit la tête dans les mains.

— Vous craignez donc, dit le notaire, que M. le baron de Grandvilliers n'accueille pas favorablement cette demande?...

— Parbleu, si je suis ruiné!

— Je croyais que M. le baron était votre ami?...

Le gentleman regarda l'officier ministériel.

— Il est mon ami; je ne vous ai pas dit qu'il ne fût pas mon ami, fit-il avec un sourire ironique.

— Ah! murmura Vernaudon, qui se tut.

— Je m'étonne même, reprit le comte, que vous m'ayez fait cette observation, vous, un homme pratique, un notaire... Grandvilliers sera d'autant moins disposé à me plaindre qu'il triomphera de ma mésaventure; car il m'a souvent fait l'amitié de me donner d'excellents conseils que je me suis bien gardé de suivre. Nous n'avons pas le même tempérament et nous n'avons pas été éduqués de même façon. Son père a fait de la banque et l'a élevé dans le système dit positif, tandis que le mien, trop gentilhomme pour travailler ou s'occuper d'autre chose que d'armes et de chevaux, m'a laissé passer ma jeunesse dans l'oisiveté et ne m'a jamais appris la valeur de l'argent...

— Monsieur le vicomte a un bel avenir devant lui, hasarda le notaire.

— De simples espérances, et, pour Grandvilliers, de simples espérances...

— Oui, cela entre dans la catégorie des illusions...

— Et les illusions n'ont jamais tenu plus sur la vie de Grandvilliers qu'un papillon sur une fleur de bronze.

— Tout cela est fâcheux, fit Vernaudon, surtout si M. le vicomte aime Mlle de Grandvilliers.

— Ils s'adorent tous les deux depuis longtemps. Une amitié d'enfance. A douze ans, ils jouaient au petit mari et à la petite femme.

— Alors, il faut compter beaucoup sur l'influence de Mlle de Grandvilliers sur son père.

— Grandvilliers, touché par les questions de sentiment!

— Que faire, alors?

— Chut! plus un mot. Voici mon fils.

La porte du cabinet venait de s'ouvrir.

Un jeune homme de vingt ans, la lèvre estompée d'une fine moustache brune, les yeux intelligents et vifs, le teint frais, les joues

belles de santé, les cheveux noirs et légèrement bouclés, entra brusquement.

Il s'arrêta dans son élan, surpris de voir que
son père n'était pas seul; puis, ayant reconnu
le notaire, il alla lui serrer la main.

— Que signifie cette agitation, Achille? demanda le comte.

— Ah! mon père, mon père! s'écria avec
impétuosité le jeune homme.

— Qu'y a-t-il? Voyons, parle!

— Il y a que je suis le plus malheureux des
hommes! bégaya Achille, avec une sorte de
sanglot, incapable de se contenir plus longtemps...

— Quelle est donc la cause de cette grande
douleur? interrogea le gentilhomme avec un
commencement d'inquiétude.

— Jeanne de Grandvilliers se marie!

Le comte avait fait un bond de surprise.

— Jeanne se marie?...

— Ou, du moins, poursuivit le jeune homme,
il s'est présenté quelqu'un... Un homme très
riche... Un banquier... Un nommé Le Lourd... je
crois...

— N'est-ce pas Le Lourdel? fit le notaire.

— Oui, c'est bien cela... Ah! mon père, mon
père, voilà mon avenir brisé!...

— Console-toi, Achille, dit le comte, rien n'est désespéré encore.

Il se tourna vers Vernaudon.

— Le Lourdel?... Vous connaissez ça, vous?

— Parfaitement... Ce Le Lourdel a fait depuis quelques années d'assez bonnes affaires, et sa réputation d'honnêteté est restée intacte... jusqu'ici...

—· Vous avez bien fait d'ajouter jusqu'ici, s'écria Achille avec feu. C'est un gredin, ce Le Lourdel... J'ai pris mes renseignements... C'est du gibier de Mazas... On l'a déjà vu voler dans ces parages, et il s'y posera un jour, c'est sûr...

— Est-ce vrai, ce que dit mon fils? demanda le comte.

— Un peu exagéré! répondit le notaire...

— Exagéré!... reprit Achille... Soutenez donc qu'il n'a pas volé ses actionnaires dans une histoire de mines de je ne sais quoi...

Vernaudon sourit.

— Les mines de Casse-Cou... Oui, les opérations n'ont peut-être pas été tout à fait irréprochables. Mais mettre dedans ses actionnaires, cela n'empêche pas toujours un banquier de passer pour, un honnête homme.

— Voir Jeanne, ma petite Jeanne, ma Jeanne

chérie, si délicate, devenir la femme de ce
rustre!... Madame Le Lourdel!... N'est-ce
pas une profanation? poursuivit le vicomte,
hors de lui.

— Voyons, Achille, fit le comte, calme-toi...
Ce mariage n'est pas encore fait. Jeanne
t'aime?...

— Elle m'adore, mon père... je puis le dire
sans fatuité... Elle me l'a répété assez souvent
Voilà dix ans que nous faisons des projets d'a-
venir pour quand nous serons mariés... Et
c'est un autre!... Non! non... cela ne sera pas!...
Et quand je devrais tuer ce Le Lourdaud!...

— Le Lourdel, rectifia le notaire.

— Le Lourdel, soit. Je le tuerai, mon père...
Je le tuerai!... Et cela arrive juste au moment
où je vais partir; je ne pourrai pas être là près
d'elle, pour l'encourager, la défendre. C'est
votre faute aussi, mon père.

— Ma faute? fit le comte surpris.

— Si vous aviez demandé sa main, comme
je vous supplie de le faire depuis deux mois,
nous serions fiancés maintenant et on ne me
jetterait pas aujourd'hui un rival dans les
jambes.

— Rival peu dangereux...

— Grotesque, soit, mais dangereux... Il est

atrocement riche, et pour le baron de Grandvilliers la richesse dore bien les défauts!... Mais
si Jeanne m'était enlevée, si elle devait être
épousée par un autre, continua le jeune
homme avec feu, j'en mourrais, mon père. Depuis que j'ai conscience de mon existence, depuis que je sens les battements de mon cœur,
c'est pour elle, pour elle seule que je vis... C'est
à elle que je pense... C'est d'elle que je rêve...
Tous mes amis ont des maîtresses... Je n'en
ai jamais eu. Elle tient dans ma jeunesse une
de ces places lumineuses qui suffisent à éclai-
rer toute une vie!... Et la perdre! la perdre!

Le vicomte allait et venait dans le salon avec
une agitation fébrile. Son père et le notaire se
regardaient, impressionnés par l'expression de
cette douleur si vraie.

Le comte surtout était fort ému. Toutes ses
folies inconscientes lui montaient au cerveau
comme une bouffée de remords. Si le mariage
ne se faisait pas, l'empêchement viendrait de
lui seul. Grandvilliers devait connaître déjà sa
situation, avant lui, aussi bien que son notaire.
C'est pour cela sans doute qu'il avait laissé
approcher de sa fille un autre prétendant.

Il se faisait intérieurement d'amers repro-
ches... Il s'accusait d'avoir causé le malheur de

son enfant. Il courbait la tête devant ce jeune
homme, comme un coupable devant son juge.

— Ne te désespère pas, Achille, dit-il pourtant, je verrai Grandvilliers...

— Aujourd'hui?

— Ce soir même...

— Oh! mon père, mon père!... que vous êtes
bon!... s'écria le jeune homme... Si vous saviez
comme je l'aime, ce que nous nous sommes dit
depuis l'âge de raison, les serments que nous
nous sommes faits! Je me rappelle tout cela. Ce
sont autant de morceaux de poésie que je garde
là, ensevelis dans mon cœur... Sa tête rayonnante, avec ses frisons d'or qui la couronnent
d'un nimbe lumineux; ses grands yeux bleus,
doux comme des yeux de gazelle, profonds
comme le bonheur, dans lesquels ma pensée
allait se noyer, je les vois toujours!... toujours
et partout!

— Voilà comme j'étais à son âge, dit le
comte.

— Amoureux et poète, murmura le notaire
à voix basse, avec cela on fait du chemin dans
a vie... Enfin!...

— Vous me promettez, mon père, reprit le
comte, de parler au baron aujourd'hui même?

— Je te le promets...

— Alors je pars heureux, et vous êtes le meilleur des pères !

Le jeune homme se jeta dans les bras du gentilhomme, serra énergiquement la main de Vernaudon et disparut vivement comme il était venu.

Avec lui, il sembla au comte que tout son espoir s'en allait. M. de Montbrison se trouvait de nouveau face à face avec la réalité. Un grand froid, comme une nappe de glace, descendit sur lui... Ce qu'il avait dit à Achille pour calmer son chagrin, des illusions encore, toujours des illusions. Il n'augurait rien de bon de sa visite à Grandvilliers. Il était un peu honteux en présence du notaire du rôle optimiste qu'il avait joué... et il baissait les yeux devant le regard légèrement sarcastique de Vernaudon...

— Eh bien ! fit-il après quelques minutes de silence embarrassé, vous l'avez entendu ?

— J'ai entendu monsieur le vicomte, oui, fit le notaire.

— Vous voyez comme il l'aime !...

— Espérez-vous vraiment quelque chose de votre ami ? demanda Vernaudon.

— Rien absolument. Si Grandvilliers est coiffé de ce Le Lourdel, c'est qu'il a des intérêts avec lui, et pour Grandvilliers les intérêts ont toujours primé les sentiments.

— Alors je me permettrai de vous demander pourquoi vous n'avez pas dit carrément la situation à M. le vicomte, au lieu de lui laisser entendre...

— Pouvais-je couper aussi brusquement les ailes à ses espérances?

— Quand ces ailes auront grandi encore, la taille n'en sera que plus difficile et plus douloureuse, répliqua froidement le notaire.

— Pouvais-je lui dire que je l'ai ruiné?... que s'il n'épouse pas celle qu'il aime, c'est parce que j'ai mangé la fortune que j'ai reçue de mon père et qui devait lui revenir un jour?

— Cette fortune vous appartenait avant d'être à votre fils, fit observer Vernaudon.

— Si je l'avais gagnée, oui..., mais je la tiens de mes ancêtres. Mon devoir était de la garder au moins intacte, si je ne pouvais pas l'augmenter... Et que faire maintenant?... Avec mon nom, mon éducation, je suis incapable de gagner dix sous!... Le moindre manœuvre est plus utile que moi et moins embarrassé pour vivre!...

Le notaire eut un sourire.

— Vous vous exagérez la situation, vous pourriez gagner de l'argent tout comme les autres...

— Quels autres ? demanda M. de Montbrison.

— Les autres gentilshommes un peu gênés comme vous. La noblesse n'est plus riche... Et s'il n'y avait pas les conseils d'administration, les jetons de présence.

— Oui les affaires, toujours les affaires... C'est la fièvre du jour, la fièvre de l'or. Tout le monde y passe. Mon médecin, qui a de l'esprit, frappé des désordres cérébraux, des désespoirs, des morts, des catastrophes de tous genres que produit dans notre génération ce fléau moderne, de la rapidité avec laquelle il s'étend, de l'impuissance où l'on est de combattre ses ravages, l'a baptisé d'un nom terrible. Il l'appelle la *Peste jaune...*

— Un mal qui répand la terreur, dit Vernaudon ; il n'y a que cela pourtant... dans votre position... Vous ne pouvez pas déchoir.

— Prendre les économies des autres et les dévorer... sous prétexte de les faire prospérer ! s'écria le gentilhomme.

— Oh ! pas toujours... fit Vernaudon, en souriant.

— Pas toujours, mais quelquefois, avouez-le.

— Quelquefois..., c'est vrai...

— Et c'est cela que vous me conseillez ! Et vous appelez cela ne pas déchoir !

— Il y a des sociétés honnêtes, composées de gens très honorables, et votre nom n'y serait pas en mauvaise compagnie. Ce sont des amis politiques, du reste... Il y a des sénateurs, des députés portant de grands noms...

— Le *Crédit de Navarre?* Vous m'en avez déjà parlé ..

— Je crois, en effet, vous en avoir dit un mot. Le directeur est un très habile homme. Voulant donner une couleur politique à son établissement, voici comment il s'y est pris : il a fait passer sa carte, un matin, à une des notabilités du parti qu'il désirait embrasser...

— Qu'il désirait embrasser? interrompit le comte. On choisit donc son parti maintenant comme la couleur d'une étoffe?

— Oh! les hommes de finance ! dit Vernaudon en riant.

Le notaire fit une légère pause, puis il poursuivit :

— L'homme éminent sur lequel notre homme avait jeté son dévolu allait sortir à pied. Il n'était pas riche. Il fut un peu surpris de recevoir le bristol d'un haut personnage financier qu'il n'avait pas l'honneur de connaître. Il le fit entrer néanmoins, son pardessus mis et son chapeau sur la tête, comme un homme qui n'a que quelques minutes à donner au visiteur.

— Il y a une séance importante au Sénat, dit-il.

— Qu'à cela ne tienne, fit le financier. Si monsieur le sénateur veut prendre place dans mon coupé, j'aurai l'honneur de le déposer au Luxembourg, et nous causerons en route.

— Soit! dit l'homme politique, toujours affairé, soufflant, graillant, emporté, un tourbillon...

— Je l'ai reconnu, interrompit le comte.

— Cela ne m'étonne pas, reprit le notaire... Il entraîna avec lui le financier à travers les étages. Un cheval fringant, la croupe luisante, faisant sonner haut ses gourmettes d'argent, attendait à la porte, attelé à un coupé tout neuf. Les deux personnages montèrent dans la voiture, et elle partit comme le vent. Sur la place de la Concorde, au lieu de prendre la droite pour aller au Luxembourg, le cocher tourna à gauche. Le sénateur en fit l'observation. — Je demande cinq minutes de son temps à monsieur le sénateur, dit le personnage financier, mielleux et patelin... Monsieur le sénateur m'accordera bien cinq minutes... J'ai quelque chose à lui montrer qu'il ne sera pas fâché d'avoir vu. — Soit! répondit l'homme politique en se tournant et se retournant dans le coupé, comme s'il était assis

sur des pointes de fer. Il était à la torture, en
effet. Il cherchait à comprendre ce qui lui arrivait, mais sans y réussir. C'était une énigme.
Le coupé s'arrêta devant un petit hôtel à deux
étages ; porte-cochère, cour sablée, perron sur-
monté d'une marquise en gris avec les verres
blancs, tout cela fraichement peint. Le sénateur
ouvrait des yeux grands de surprise. Il toussait,
crachait, rougissait, secouait sa petite taille
avec plus d'entrain que jamais. Qu'est-ce que
cela voulait dire ? Le financier l'invita à entrer.
On parcourut différentes pièces meublées avec
goût, semblant n'avoir pas encore été habitées.
Deux domestiques corrects précédaient les visiteurs, ouvrant les portes. Le financier n'expliquait rien... Il ne disait que ces mots : — Est-
ce beau ? Cela est-il du goût de monsieur le
sénateur ? M. le sénateur répondait affirmative-
ment, en riant très fort, ayant pris son parti de
l'aventure. Néanmoins, il jetait de temps en
temps un regard effrayé sur son compagnon, se
demandant s'il n'avait pas affaire à un fou.
L'hôtel vu en détail, on descendit dans la cour ;
on entra dans une écurie. Un cheval de prix,
de même taille que l'alezan attelé du coupé et
de même robe, mangeait tranquillement son
avoine. Le temps de l'admirer, de voir l'écurie,

II

Quand M. de Montbrison fut seul, sa situation
lui apparut dans toute son horreur. Ruiné ! Il
était ruiné ! Cette maison, ce mobilier, ce fauteuil
sur lequel il était assis, tout cela n'était peut-
être plus à lui, tout cela allait être vendu !... Et
son fils, quand il saurait !... Quel avenir lui était
réservé ? Il y avait l'armée ; mais l'armée sans
l'école... obligé de parcourir tout l'échelon de
la hiérarchie militaire, caporal, sergent... Et
son mariage manqué ! Jeanne forcée par son
père d'épouser ce Le Lourdel... Toute cette
douleur tombant sur ce qu'il aimait par sa faute,
par sa seule faute ! Quelle folie l'avait donc
poussé ? Si sa femme avait vécu, sa douce et
sainte femme, cet effroyable effondrement lui
eût été épargné. Qu'allait-il répondre à son fils ?
Comment lui expliquerait-il ?... Achille n'avait
pas eu de maîtresse encore. Il venait de le lui
dire. Et c'était un jeune homme... Comment lui
faire comprendre que, malgré ses cheveux

blancs, il n'avait pas eu le courage, lui, de
résister à ses passions?

Le pauvre père s'était laissé tomber sur son
bureau, anéanti.

Toute sa vie repassait devant ses yeux, comme
une toile que l'on déroule... Ses années de
bonheur calme après son mariage... Les jours
de deuil et de solitude qui avaient suivi la
mort de sa femme... Puis, les heures de passion
fiévreuse auxquelles il s'était laissé aller plus
tard... Avoir commencé sa vie radieuse dans
le bonheur et la finir dans l'horreur de la misère
et des remords!...

La vie du comte n'avait pas d'histoire. Élevé
en province, dans un château presque féodal,
il était venu à Paris, au sortir du collège, y
avait mené pendant deux ou trois ans une existence assez tranquille, fréquentant le faubourg
Saint-Germain, dont son nom lui avait ouvert
toutes les portes. Grand, beau garçon, l'abord
froid, le regard sec, tenue anglaise, sa distinction
y avait été fort appréciée. Hautain et dédaigneux,
il avait en un égal mépris les hommes qui n'é-
taient pas nés, les travaux qu'ils avaient accomplis et les questions qui les préoccupaient. C'é-
tait un dernier rejeton de cette race originale
dont quelques spécimens existent encore, mais

qui tend chaque jour à disparaître, race qui croit
toujours aux privilèges du nom et du titre et qui
affecte une indifférence souveraine pour toute
qui est en dehors du *Nobiliaire*. Le comte tenait
cela de l'éducation qu'il avait reçue. Il était
raide et gourmé. Ses inférieurs le disaient dur,
ses égaux le trouvaient fier ; pour les femmes il
était supérieur. C'était un de ces gentlemen en
bois qu'on aperçoit encore autour des champs
de courses. La vie de Paris n'avait pas arrondi
les angles pointus qu'il tenait de sa famille et
de sa province. Après avoir jeté quelques regards
d'effroi sur la société parisienne, qu'il trouva
abominable et corrompue, il retourna dans le
Poitou, d'où il venait, s'y maria et ne compta
plus désormais d'autres émotions dans sa vie
que celles que lui donnaient ses chasses plus ou
moins heureuses. Les Grandvilliers habitaient
près de chez lui. Les deux familles passaient un
mois de l'année à Paris au moment des grandes
réceptions et un mois aux bains de mer l'été.
Leur vie était réglée mécaniquement.

Le baron de Grandvilliers vint se fixer à Paris le premier. Il y était attiré par la fièvre de
la spéculation, qui commençait à gagner les dé-
partements. Les grands mouvements d'argent
qu'il flairait lui donnaient le vertige. Il n'était

question, même en province, que de fortunes
rapides édifiées, de gains immenses réalisés.
C'était le premier rayonnement de l'étoile impé-
riale qui scintillait. Le baron cessa de bouder
la société et accourut de son château pour
prendre sa part de la curée. Sa femme venait
de mourir. Il avait mis sa fille en pension. Il
était libre. Il pouvait, tout à sa guise, se livrer
à son amour pour les spéculations et pour le
lucre. Il avait dans le sang un peu de la fièvre
d'agiotage qui avait empli la vie de son père.

Le comte de Montbrison se décida aussi à
habiter Paris, mais pour un autre motif. Il voulait faire instruire son fils à Paris. Il commençait à se rendre compte que l'isolement dans
lequel il s'était enfermé ne menait pas loin.
Il étouffait dans sa coquille provinciale et sentait le besoin de prendre l'air du dehors. C'est
peu de temps après ce déplacement que la comtesse mourut. Alors le comte se trouva seul,
l'esprit vide, ne s'intéressant à rien, tout étonné et tout ahuri par la vie de Paris. La société
avait marché sans qu'il s'en doutât. Il était
comme dépaysé, comme s'il était venu au monde
dans un autre âge. Il trouva ses amis et ses
connaissances lancés dans un tourbillon de
plaisirs, gouailleurs et sceptiques, n'ayant plus

ni foi religieuse, ni foi politique, s'étalant avec
des filles et fraternisant avec les palefreniers
et les bookmakers, dont ils avaient besoin. Il
vit autour de lui une jeunesse en rut, faisant
bon marché du nom et du titre qu'elle portait,
ne connaissant qu'un maître : l'argent ; qu'un
plaisir : le jeu ; le jeu sous toutes ses formes,
trouvant l'amour passé de mode comme les romances, n'ayant d'enthousiasme que pour les
chevaux gagnants, et dépensant dans le crottin
tout ce qui lui restait de vitalités et d'intelligence. Il était fait de la même poussière, il se
laissa emporter par le même vent dans le même
tourbillon.

Le comte se remémorait tout cela et resta
longtemps perdu dans une sorte d'accablement
profond. C'était l'oisiveté qui l'avait conduit là.

Il avait tout oublié dans ce tournoiement ver-
tigineux, même son fils. Il regrettait presque
maintenant d'avoir renvoyé Vernaudon. C'é-
tait peut-être le salut que lui offrait ce notaire.
Vernaudon avait raison de dire qu'il serait
en bonne compagnie dans les administrations
financières. Tous ses amis en faisaient partie.
Mais jusqu'ici le nom de Montbrison était
resté à l'écart des moindres petites baves qui
jaillissent toujours d'une éclaboussure quand

on s'en approche. Il espérait le laisser à son fils comme il l'avait reçu, pur et glorieux, avec son blason immaculé. Allait-il être obligé pour vivre et pour faire vivre Achille de s'exposer à le ternir?

Le gentilhomme ne voyait plus à sa situation d'autre alternative : accepter les propositions de Vernaudon ou sombrer en entraînant son fils avec lui... Peut-être, en effet, s'exagérait-il, comme l'avait dit le notaire, les conséquences que pouvait avoir son entrée au *Crédit de Navarre*. Plusieurs de ses amis étaient sortis nets de pareilles entreprises. On n'était pas toujours déshonoré. Défloré, peut-être; c'était très bien porté. Mais que penserait son fils, qui parlait tout à l'heure en termes si indignés de ce Le Lourdel?... L'homme dont on lui proposait de couvrir de son nom les opérations valait-il mieux que ce banquier?... Il n'en savait rien. Est-ce qu'ils ne se valent pas tous, ces hommes de finance? Il est vrai que son fils pouvait ne rien apprendre. Il était inutile de le prévenir. Achille partait dans quelques jours pour faire son volontariat... On ne lit guère les journaux au régiment. On ne s'occupe pas davantage d'affaires et de finances. Qui lui ferait connaître que son père était devenu administrateur du *Crédit de Navarre ?* Le comte aurait un an de répit. Il verrait venir. Il étudierait ses collègues. Si ce qu'on faisait ne lui plaisait pas, lui paraissait louche, il donnerait sa démission, il n'en mourrait pas. Dans le cas contraire, il resterait... Il expliquerait à son fils ce qui l'avait contraint à accepter cette situation. Pourvu qu'Achille pût épouser Jeanne, peu lui importait le reste, et Grandvilliers ne la lui refuserait pas, s'il le voyait entrer dans les affaires et essayer de redorer son blason. Avec deux cent mille francs devant lui, deux cent mille francs liquides, les deux cent mille francs offerts par le banquier de Vernaudon, il pourrait faire bien des choses. Il conjurerait sa ruine d'abord, puis il lui serait possible d'entreprendre quelque opération heureuse. Autour de lui, tous les gentilshommes gagnaient de l'argent, faisaient mouvoir leurs fonds comme des usuriers. Personne ne trouvait cela mal. Il était resté à l'écart du mouvement. Il y entrerait comme les autres, et qui sait s'il ne serait pas heureux comme eux ?

Le comte de Montbrison était un caractère indécis, capable de grands accès d'énergie, mais n'y persévérant pas. N'ayant jamais éprouvé de résistance à ses désirs et même à ses fantaisies, il n'avait pas été façonné et

durci. Il avait conservé toute sa mollesse première comme un fer qui n'a pas été trempé.
Ainsi on a vu avec quelle indignation il avait
accueilli les propositions du notaire, et
voilà que déjà ce beau feu était passé... Vernaudon n'aurait eu maintenant qu'à le prendre
par la main pour qu'il se laissât aller sans
résistance.

C'est ainsi qu'il avait été entraîné, qu'il était
devenu le jouet de ses passions dès que la
mort de sa femme l'avait livré à lui-même. Il
entrait dans le monde à quarante ans, aussi neuf
qu'un collégien qui sort de son lycée. Il n'allait
pas au cercle. Il n'avait jamais joué. Il ne connaissait les femmes qui s'amusent que de loin,
que de vue, comme les connaissent les honnêtes
femmes, pour les avoir coudoyées dans les
couloirs des théâtres ou les avoir croisées en
voiture autour du lac. Son amour pour sa femme
l'avait, pour ainsi dire, muré. Quand il fut seul,
il se trouva jeté tout à coup dans le monde des
cercles et des restaurants à la mode par ses
relations. Il avait l'air, les premiers jours, d'un
gros oiseau effaré qui vient de briser sa coquille,
qui regarde avec stupeur tout ce qui l'entoure.
Il fallut le piloter, le déniaiser. Ses amis s'en
chargèrent et ce ne fut pas long...

Le comte avait environ trente mille francs de rente à la mort de la comtesse. Depuis cette époque il avait dépensé une moyenne de soixante à quatre-vingt mille francs par an, soit au jeu, soit aux courses.

La veine ne lui avait pas été favorable, et, à deux ou trois reprises, il avait attrapé, comme on dit, une de ces culottes dont on parle dans les cercles et autour du champignon. La situation était encore plus grave qu'il ne le supposait, et le notaire ne lui avait pas tout dit pour ne pas l'épouvanter tout à fait. Il était non seulement ruiné, mais il demeurerait obéré s'il liquidait.

Après être resté longtemps plongé dans les amères réflexions dont nous avons indiqué la nature, le comte prit enfin une résolution.

Il sonna son valet de chambre.

— Lionel, dit-il, vous allez faire du feu dans ma chambre et préparer mon habit et ma cravate blanche.

— Bien, monsieur le comte.

— Vous préviendrez mon fils que je ne dînerai pas ce soir à la maison et que je ne rentrerai que tard.

— Bien, monsieur le comte.

Le domestique s'inclina et sortit.

— Je dinerai chez Grandvilliers, se dit le
gentilhomme, et j'aurai son dernier mot. C'est
un rude assaut que je vais avoir à soutenir,
mais c'est pour mon fils !

Le baron de Grandvilliers habitait, rue de Varenne, un de ces vieux hôtels aux murs jaunis
par l'âge, aux portes massives, qu'on ne trouve
plus guère que sur la rive gauche de Paris. Le
baron n'était pas issu d'une famille ancienne et
presque illustre comme celle des Montbrison.
Son père avait été anobli sous la Restauration,
pour différents services rendus à des émigrés
haut placés auxquels il avait prêté de l'argent.
Il était banquier et très riche. A la fin de sa vie,
le nouveau gentilhomme avait fait de mauvaises
affaires et son fils avait été élevé au milieu des
soucis, des tracas et des terreurs qui emplissent
une maison qui croule.

Néanmoins, le banquier était parvenu, à
force d'énergie, à se tirer avant de mourir du
mauvais pas dans lequel il était engagé, mais
son fils avait toujours conservé de ses impressions d'enfance un grand amour pour l'argent
et une grande crainte de manquer un jour de
ce métal si précieux. Le vieux baron avait
quitté ensuite les affaires et était mort en laissant
à son fils une fortune encore considérable. Le

jeune homme avait alors vingt-sept ans. Il s'était marié. Il avait épousé la fille d'un agent de change qui lui avait apporté une dot copieuse, mais qui était d'une santé délicate et qui mourut quelques années après son union, laissant à son mari une fille, Jeanne de Grandvilliers.

Celle-ci venait d'avoir dix-sept ans au moment où commence cette histoire. C'était une jeune fille blonde, très belle, de taille moyenne, tenant beaucoup de sa mère, dont elle avait les yeux bleus superbes, mais ayant également dans le caractère un peu de l'énergie et de la ténacité de son grand-père.

Les Grandvilliers et les Montbrison étaient liés d'amitié depuis longtemps. Mme de Grandvilliers avait été la compagne la plus fidèle, l'amie la plus intime de la comtesse de Montbrison. Ils allaient ensemble aux bains de mer, avaient loué ensemble une loge à l'Opéra... Jeanne et Achille avaient partagé, tout enfants, leurs gâteaux et leurs jeux, et s'étaient pris d'une amitié qui devait se changer avec l'âge en un sérieux amour.

Loin d'écorner son capital, le baron de Grandvilliers avait accru chaque année par des spéculations heureuses l'héritage que lui avait laissé son père et la dot apportée par sa femme. Comme

3

l'avait dit Vernaudon, il était un peu raide en
affaires. Il aimait l'argent pour l'argent, sans
doute parce qu'il avait vu de près les souffrances
causées à ses parents par le manque de ce métal
indispensable. Il avait rendu sa femme malheureuse, lui refusant toutes les satisfactions de
vanité que sa situation de fortune lui aurait
permis de lui accorder. Il se plaignait toujours
des frais exagérés de sa toilette, et cependant
jamais femme n'avait été plus simple que la
baronne.

Tout autre était le comte de Montbrison, qui
ne s'inquiétait guère des dépenses de la comtesse. Il avait épousé celle-ci par amour. Elle
était presque sans fortune, d'une ancienne famille comme lui, ruinée par la Révolution; mais
Mme de Montbrison aimait peu le luxe, comme son
amie, et n'abusait pas des facilités que lui accordait son mari. Elle lui rendait amour pour amour
et ne quittait guère son foyer. C'était elle qui
avait élevé son fils, qui avait semé et cultivé
dans son cœur les premiers germes de l'honneur. Elle s'était dévouée à cette tâche et
était morte avec la consolation de voir Achille
suivre ses leçons et vivre une vie digne de son
nom.

Depuis son veuvage le comte de Montbrison

était toujours invité chez les Grandvilliers, mais
il y avait quelque temps qu'il ne s'y était présenté, car il redoutait la clairvoyance de son
ami, qui se doutait de sa position et lui avait
fait plusieurs fois d'amicales remontrances. La
visite qu'il allait faire pour Achille lui coûtait
beaucoup ; il avait eu toutefois le courage de
surmonter ses répugnances. Il devait à son fils
de tout tenter pour assurer son bonheur.

Quand on annonça le comte de Montbrison
à l'hôtel Grandvilliers, le baron allait se mettre
à table avec sa fille. Il poussa un cri de surprise
et courut au-devant du nouveau venu. Jeanne
était devenue très pâle. Elle se doutait qu'il
serait question d'elle dans le cours de cette
visite et elle sentait, sans rien connaître d'ailleurs des projets de son père, que son bonheur ou son malheur allait se décider dans cette
soirée. Depuis deux mois, Achille lui annonçait
la visite du comte ; mais, depuis deux mois, le
baron se montrait très froid et très réservé
chaque fois qu'il était question du mariage futur
de Jeanne et d'Achille. La jeune fille tremblait
qu'il n'eût quelque autre projet en tête. Elle
allait, sans doute, être bientôt fixée. Tout valait
mieux que l'incertitude dans laquelle elle était
plongée et qui la tuait.

Le dîner fut silencieux, sans entrain. Le comte était embarrassé et le baron se sentait également gêné, car il voyait, à la figure de son ami, que celui-ci ne lui avait pas fait une simple visite de politesse et qu'il allait falloir se prononcer. Dès que le café fut servi, Jeanne se retira dans sa chambre.

Le baron de Grandvilliers offrit au comte un cigare. Il avait pris son parti de la situation et semblait impatient maintenant que son ami s'expliquât.

— Tu as à me parler, Montbrison, dit-il en approchant son siège. Nous voici seuls, je t'écoute.

— Jeanne et Achille ont, pour ainsi dire, été élevés ensemble, commença le comte d'un air embarrassé.

— Je le sais.

— Ils se sont pris, l'un pour l'autre, dans cette fréquentation continuelle, d'une sincère et réelle amitié.

— Une amitié d'enfants.

— Devenue une amitié d'hommes maintenant, ou plutôt un véritable amour.

— Bref, dit le baron, indifférent, ils ont fait le projet, étant tout petits, de s'épouser quand ils seraient grands; et, comme ils se croient grands, ils veulent réaliser ces projets, du moins ton fils, et il t'a chargé de venir me demander la main de ma fille?

— Voilà deux mois qu'il m'en prie.

— Et tu n'osais pas? Pourquoi n'osais-tu pas? Parce que tu pensais bien que je ne pouvais pas donner ma fille à un garçon sans position et sans fortune. Les conditions ne sont pas changées.

Le comte devint horriblement pâle.

— Alors tu me sais ruiné et tu refuses? balbutia-t-il.

— Que ferais-tu à ma place? répliqua le baron froidement.

— S'ils s'aiment, ces enfants! murmura le comte.

— Balivernes! Ce n'est pas avec de l'amour qu'on monte une maison. Que donnes-tu à ton fils?

Le comte leva vers le plafond un regard effaré... Les réponses nettes, coupantes, de Grandvilliers tombaient sur lui comme autant de coups de couteau.

— Il reste une ferme, qui me vient de sa mère, poursuivit-il avec angoisse.

Grandvilliers eut un sourire de dédain.

— Elle vaut soixante mille francs. Lui restera-t-elle?

— Que veux-tu dire? demanda le comte, devenu plus pâle encore.

— Crois-tu qu'en te voyant empêtré dans les dettes?... Il a bon cœur, ton fils. Il t'aidera. Il se dépouillera pour toi. Tu ne l'estimerais pas s'il n'agissait pas ainsi, ni moi non plus... Donc, à l'actif, zéro... Pourvu qu'il arrive à combler le passif... Ah! tu n'as pas voulu écouter mes conseils! Tu as ri de mes avis!

Le comte se leva épouvanté. Pour la seconde fois ses yeux plongeaient jusqu'au fond dans le gouffre ouvert sous ses pas.

— Je t'en supplie, Grandvilliers, ne m'accable pas! fit-il, je suis assez malheureux!

— Oui, répondit le baron, toujours calme, l'heure de l'échéance est venue, et c'est dur. Je connais ça. Elle sonnait chez mon père tous les matins, quand j'avais l'âge où l'on ne devrait songer qu'à jouer.

Puis, voyant la douleur horrible peinte sur le visage de Montbrison :

— Pardonne-moi, mon ami, ajouta-t-il, de te parler si durement, mais avec toi il faut que j'agisse ainsi! Tu as besoin que je te fasse voir les choses telles qu'elles sont réellement. Tu as toujours eu, devant les yeux, une taie rose qui t'a voilé la vraie couleur des objets.

— Mon pauvre enfant, comme il va être malheureux ! s'écria le comte, qui se prit la tête à deux mains, éperdu.

— Il fera comme les autres, il oubliera, fit Grandvilliers, impassible.

— Achille n'est pas de ceux qui oublient. Et Jeanne ? As-tu parlé à Jeanne ? poursuivit le pauvre père, espérant encore.

— Jeanne fera ce que je lui commanderai de faire, répondit le baron.

Le comte était anéanti. Il avait eu raison de redouter cette entrevue. Grandvilliers était implacable. Chacune de ses paroles faisait un trou dans son âme, peu habituée à se trouver ainsi face à face avec la réalité froide de la vie. Il résolut néanmoins de tenter un dernier effort.

— Achille est jeune, reprit-il, instruit, intelligent... Il peut se faire une position.

Grandvilliers haussa les épaules de l'air supérieur que prend l'homme prévenu en présence d'un autre homme surpris à l'improviste.

— Dans quel genre ? Dans le commerce ? La banque ? Que lui as-tu appris ?

— Il est avocat...

— Plaidera-t-il ? Non, il ne plaidera pas. Il n'a pas été élevé à ça. Est-ce qu'il se doute

seulement qu'il y a des gens qui sont obligés
de plaider pour vivre ?

— C'est un garçon rangé. Il sort peu. Il lit
beaucoup.

— Des romans ? Qu'est-ce que ça rapporte ?...
Non, il est comme tous les jeunes gens d'aujourd'hui qui ont reçu son genre d'éducation.
Creux, ou plutôt la tête pleine de vent. Je le
connais comme toi, peut-être mieux que toi !
Quand il sera marié, il ira au cercle. Il jouera
aux courses l'intermittence ou la série... Un
cheval à douze deviendra son seul idéal ; et,
comme les chevaux à douze gagnent rarement, en deux ans il aura mangé les cent
ou cent cinquante mille francs de dot que je
destine à ma fille, et ils me retomberont tous
les deux sur le dos avec leurs moutards, s'il
y en a.

Le comte n'avait rien à répondre. Son embarras devenait de plus en plus visible.

— Achille a des espérances, hasarda-t-il
encore.

— Deux vieilles tantes, une bigote et une
mondaine ! riposta Grandvilliers avec le même
sourire ironique, ce sourire qui mettait de la
glace dans les veines de son interlocuteur. La
mondaine se remariera et la bigote donnera

tout aux couvents. Il y a un proverbe sage :
Ne jamais compter sur les bottes d'un mort.

L'abîme se creusait de plus en plus. Montbrison, effaré, jetait autour de lui des regards
de détresse.

— Il y a les affaires... fit-il encore, à bout
d'arguments, voulant néanmoins tout tenter
pour sauver Achille, puisque son imprudence
l'avait perdu.

Le sourire du baron devint un ricanement.

— Les affaires ?

— Il peut entrer dans un conseil d'administration, balbutia le comte, interdit.

— Faire argent de son nom et de son honneur, peut-être !... répliqua le baron.

Le comte devint livide.

— Grandvilliers !... dit-il avec un geste de
menace.

Le baron n'avait pas sourcillé.

— Eh ! il faut bien mettre les points sur les
i avec toi, fit-il, toujours froid.

— Ainsi, toi, tu ne vois dans le mariage
qu'une affaire ? dit le comte, qui avait peine à
contenir son énervement, sa colère presque !

— J'y vois ce qui y est en réalité, répliqua
le baron sèchement, ce n'est pas avec des
paroles en l'air qu'on nourrit les enfants. Voilà

3.

la vie. Parions que tu ne t'en doutais pas. Elle
n'est pas tous les jours gaie. Elle n'est pas faite
uniquement de feuilles de roses. C'est peut-
être un bien pour ton garçon, cette épreuve qui
lui arrive là et qui le fouette en plein sang de
vingt ans. Cela va le remettre sur pied et lui
donner à réfléchir... Ce qui t'a manqué, à toi,
c'est une grande douleur...

— J'ai perdu ma femme, Grandvilliers, fit le
comte d'une voix émue, brisée...

— Trop tard, riposta le baron, les plis
étaient pris. Ça ne t'a pas corrigé... Vois où tu
en es aujourd'hui.

Le gentilhomme sentait des larmes lui venir
aux yeux, des larmes de rage impuissante et
de douleur.

Son ami en eut pitié.

— Je suis dur, Montbrison, reprit-il d'un
ton plus doux... C'est pour te secouer un peu
et te faire descendre des nuages dans lesquels
tu as été juché depuis ton enfance. Néanmoins,
si tu as besoin d'un service, je suis toujours là.

Il lui tendit la main.

— Je te remercie, mon ami, fit le comte ;
mais que vais-je répondre à Achille ? C'est là
ce qui me tue...

— Tu lui diras que Jeanne est jeune encore ;

que je ne suis pas décidé. Il n'y a pas péril en
la demeure, que diable ? Je ne la marie pas
demain...

— On lui a dit qu'un banquier...

— Le Lourdel ? Oui, c'est vrai. Il s'est mis sur
les rangs, mais c'est tout. Il n'y a rien de fait.

— Il a près de quarante ans, ce Le Lourdel ?

— Trente-huit.

— Jeanne ne l'aime pas.

— Elle l'aimera. Le Lourdel est un homme
de mérite, parti de rien ; il est venu à Paris
avec trente-trois francs dans sa poche. C'est
lui qui me l'a raconté. Il est aujourd'hui quatre
ou cinq fois millionnaire...

— Comment a-t-il gagné cela ?

— Par son travail, en faisant fructifier les
capitaux des autres. Ces quatre ou cinq millions
ne sont que l'écume prélevée sur les fortunes
qu'il a édifiées. Vois combien cela représente
d'argent gagné !... C'est une intelligence trempée dans le malheur. Il a eu des années dures
et des heures pénibles, des nuits sans sommeil
et des jours sans pain. Tu n'as jamais connu
cela, toi, Montbrison ? Et c'est un honnête
homme !...

— Il court cependant sur son compte certains
bruits, fit le comte.

— Il y a toujours des calomnies qui rampent comme des petites vipères autour de celui qui a réussi, répondit le baron en haussant les épaules.

— Enfin, c'est un aigle, ce Le Lourdel, dit Montbrison d'un air ironique.

— C'est un travailleur... un producteur...

— Ou un grugeur... Vernaudon m'en a parlé...

— Vernaudon ferait beaucoup mieux de s'occuper de ses affaires, ou plutôt des tiennes, qu'il a menées fort mal, répliqua le baron sèchement.

— Enfin, te voilà coiffé de ce Le Lourdel ?...

— Il m'a fait gagner de l'argent et m'en fera gagner encore...

Le comte fit un mouvement brusque.

— Et tu lui donneras ta fille comme récompense de ce service! ne put-il s'empêcher de dire.

Grandvilliers avait pâli à son tour.

— Montbrison! s'écria-t-il, la voix étranglée par un commencement de colère.

Le comte s'était redressé fièrement. Il imposa silence de la main à son ami, et le regardent bien en face.

— Laisse-moi parler à mon tour; car mon tour est venu... Je suis ruiné! J'ai mangé ma fortune. Je l'ai gaspillée, jetée au vent, si tu le veux, sottement, bêtement, je n'aurai peut-être pas de domicile demain ; mais jamais, du moins, vive Dieu ! l'idée ne me serait venue de sacrifier le bonheur de mon enfant pour payer des spéculations plus ou moins heureuses ! L'argent n'est pas tout dans la vie, Grandvilliers ! Ce serait trop malheureux pour ceux qui n'en ont pas et n'ont pas espoir d'en acquérir jamais !... Je souhaite à ta fille beaucoup de bonheur ! Et je lui souhaite surtout de ne jamais apprendre à quel heureux hasard elle doit son mari ! Adieu, Grandvilliers !

Le baron était resté bouche béante, interdit, sans voix, livide et les dents serrées. Il n'avait pas la présence d'esprit de serrer la main que le comte lui tendait. Celui-ci avait pris son chapeau.

— Tu t'en vas ainsi ? balbutia Grandvilliers.

— Oui, dit le comte, voilà deux heures que nous parlons sans nous entendre, et je crois que plus nous parlerons, moins nous nous entendrons !

Il salua et sortit.

Grandvilliers resta seul; puis, se laissant tomber accablé sur un fauteuil :

— Montbrison a peut-être raison, murmura-t-il; mais puis-je donner ma fille à un jeune homme qui n'a rien?

Le comte était sorti de l'hôtel Grandvilliers à pas rapides. Il était énervé et fiévreux. Le baron avait toujours été son ami, et il ne s'attendait pas à l'accueil qu'il lui avait fait. Et cependant il ne se sentait pas le courage de lui en vouloir. Grandvilliers était pratique. Il prévoyait l'avenir. Son malheur, à lui, venait de ce qu'il n'avait jamais songé au lendemain.

Le temps s'était refroidi brusquement. Des tourbillons de neige à demi fondue voletaient en l'air. Le ciel semblait s'être glacé aux paroles du père de Jeanne.

M. de Montbrison avait renvoyé sa voiture. Il fit signe à un fiacre qui passait et lui donna son adresse. Il rentrait chez lui la mort dans l'âme. Il était sûr de trouver Achille, qui l'attendait avec anxiété. Qu'allait-il lui dire? Le jeune homme ne lirait-il pas sur sa figure, même s'il voulait dissimuler, l'insuccès de sa démarche? Quelle douleur lui était réservée!

Quand le comte traversa le boulevard, son cœur se serra; il vit les fenêtres de son cercle brillamment éclairées comme de coutume. Il aperçut derrière les rideaux lumineux des silhouettes connues. Ses amis s'amusaient, jouaient et riaient là-dedans ; peut-être jasait-on sur son absence et parlait-on de sa ruine, qu'on devinait ou connaissait ; que produirait sur eux la nouvelle de sa disparition? Quelques exclamations de surprise. L'homme qui s'engloutit dans les flots laisse à peine une ride d'un instant sur la surface de la mer.

Le fiacre prit la Chaussée-d'Antin et monta la rue Blanche, où le comte habitait. Il était onze heures. Achille était dans le bureau, guettant la venue de son père.

Un nuage passa sur le front de ce dernier.

Le jeune homme s'était levé vivement, et, en voyant la figure du comte, il avait compris qu'un malheur le menaçait.

— Eh bien! demanda-t-il d'une voix étranglée par l'anxiété.

— Eh bien ! dit brusquement le gentilhomme, je n'ai pas réussi.

— Le baron a refusé?

— Il n'a pas refusé : mais Jeanne est jeune. Tu es jeune aussi, sans position...

— Sans position? dit Achille, surpris, ne sommes-nous pas riches ?

— Certainement, répondit le comte, embarrassé, mais notre fortune n'est rien auprès de
celle du baron de Grandvilliers.

Achille leva les yeux au ciel.

— Et c'est pour cela que M. de Grandvilliers
t'a refusé la main de sa fille, qui m'aime, il le
sait !

— Il ne l'a pas refusée, mais il veut attendre,
dit le comte, très gêné...

— Attendre !... fit Achille..., je vous en supplie, mon père, ne me cachez rien !... Vous
savez qu'il y va du bonheur de toute ma vie !...

— Je ne te cache rien, je te jure.

— Et Le Lourdel ?

— Il n'y a rien de conclu : le baron me l'a
affirmé.

— Et Jeanne ?

— Jeanne ne sait rien.

Achille fit un mouvement de joie.

— Je lui apprendrai tout, et nous nous défen-
drons.

— C'est votre droit, dit le comte, heureux de
voir son fils reprendre quelque espoir.

— Je lui dirai, reprit le jeune homme avec
feu, que c'est pour une mesquine question d'argent qu'on veut nous séparer... Elle en sera
indignée comme moi... Elle résistera à son

père... Elle refusera de voir ce Le Lourdel, et il faudra bien que le baron cède à nos instances. Je ne lui demande pas de dot à M. de Grand-villiers. Nous nous aimons assez pour nous contenter de peu, et chercher notre bonheur ailleurs que dans le luxe. Jeanne a les mêmes goûts que moi; ce que je possède nous suffira.

Le comte eut un tressaillement.

— S'il savait, murmura-t-il tout bas, qu'il n'a plus rien!...

— Puis, je travaillerai, poursuivit Achille. Il faut bien que mon éducation serve à quelque chose. Les sciences m'attirent, et il y a encore à résoudre bien des problèmes qui peuvent mener à la fortune celui qui en trouvera la clef.

— Je suis heureux, fit le comte, de te voir dans ces dispositions.

— Tout le monde se doit à son pays et à l'humanité, reprit le jeune homme. Riche ou pauvre il faut que chacun apporte à la France et au monde son contingent de savoir et d'intelligence. Cela fait masse, ensuite, et c'est cette masse, cette somme, ce total d'ouvrages, de découvertes, d'œuvres d'art, qui classe une nation et qui la fait grande!

Le comte eut un sourire ironique.

— Te voilà tout à fait, Achille, dans les idées du jour.

— Je ne peux pourtant pas, mon père, avoir les idées d'il y a cent ans. Je n'existais pas, ni toi non plus. Du reste, regarde autour de toi ! Est-ce que tu ne vois pas les noms les plus glorieux de notre histoire à la tête des conseils d'administration de toutes les sociétés, s'occupant des grandes affaires industrielles, des découvertes à lancer, des canaux à creuser, des chemins de fer à construire, des isthmes à percer, des montagnes à unifier, des déserts à fertiliser ?

Le comte avait fait un mouvement.

— Ainsi, tu approuves, Achille, dit-il au bout d'un moment, qu'on fasse argent de son nom ?...

— On ne fait pas argent de son nom en travaillant, mon père, et je suis loin de louer ceux qui n'entrent dans les affaires que pour toucher de misérables jetons de présence, s'inquiétant peu des Sociétés dans lesquelles ils pénètrent et des œuvres que ces Sociétés patronnent. Mais il y a des Sociétés utiles, dont les travaux sont considérables, et tous ceux qui leur apportent leur aide ou leur appui font œuvre de vrais citoyens !

Le comte avait écouté son fils en silence. Il était devenu rêveur. Le langage du jeune homme, pour être plus éloquent et moins pratique que celui de Vernaudon, avait la même conclusion.

— Étaient-ils donc dans le vrai ? Était-ce lui qui avait tort de se tenir à l'écart du mouvement du siècle et de vivre à distance de la société moderne, dans un entourage de gentlemen qui lui faisaient maintenant l'effet de gravures d'un autre âge ?

Il regarda Achille en souriant :

— C'est un véritable cours de morale que tu viens de me faire, dit-il... Je ne l'oublierai pas et je t'en remercie. Mais il se fait tard, j'ai besoin de repos, et toi aussi. A demain !

Il embrassa son fils et s'éloigna, laissant Achille légèrement surpris de cette brusque sortie.

III

Il était deux heures de l'après-midi, quand Achille se présenta, le lendemain, à l'hôtel de Grandvilliers. De grandes craintes avaient succédé, chez lui, à l'espoir qui l'avait soutenu un instant. Il avait réfléchi à tête reposée aux paroles que lui avait dites son père, à l'air embarrassé et presque désespéré qu'il avait en lui parlant.

Le comte connaissait M. de Grandvilliers mieux que lui et depuis plus longtemps. Pour qu'il n'eût pas même essayé de le consoler et de ramener en lui la confiance, il fallait qu'il eût bien peu d'espérance lui-même. Tout ce qu'il lui avait dit, c'est que rien n'était arrêté avec Le Lourdel et que Mlle de Grandvilliers n'avait pas été consultée. Certes, il ne doutait pas de l'amour ardent, absolu de Jeanne pour lui, mais il craignait que la jeune fille n'eût pas la fermeté de caractère suffisante pour résister à son père si celui-ci se montrait pressant et même menaçant, Mlle de Grandvilliers étant plutôt faible et douce; du moins, Achille là jugeait ainsi. Il ne l'avait jamais vue que souriante et les yeux éclairés par le bonheur.

Le vicomte avait un autre sujet de crainte. Il allait partir, faire son volontariat. Il serait absent une année, une année sans voir Jeanne. Peut-être le baron de Grandvilliers avait-il spéculé sur cet éloignement pour vaincre la résistance de la jeune fille. C'était juste ce moment-là qu'il semblait avoir choisi pour présenter son candidat. Il paraissait à Achille que Jeanne serait plus menacée lorsqu'il serait loin d'elle, qu'elle aurait moins de courage quand elle ne le sentirait pas près de lui. Ces pensées inquiétantes avaient agité le vicomte de Montbrison pendant toute la nuit et pendant la matinée; aussi avait-il les traits fatigués et légèrement bouleversés quand il arriva rue de Varenne. L'angoisse torturait son cœur. Il aurait voulu déjà être auprès de Jeanne, et d'un autre côté il redoutait de la voir. Si cette entrevue allait mal tourner ? Quand il agita la sonnette il était tout pâle et tout tremblant.

C'est une vieille bonne qui l'avait vu tout enfant qui vint ouvrir.

— Monsieur le vicomte ! dit-elle avec une expression de joyeux étonnement.

—Moi-même, ma bonne Annette, est-ce que M. le baron est là?

— Non, monsieur le vicomte. Il est sorti il y a une demi-heure, mais mademoiselle est dans sa chambre, et elle serait bien contente de vous voir. Je vais la prier de descendre au salon sans lui dire que vous êtes là. Ce sera une bonne surprise...

Puis, remarquant l'air triste du jeune homme, l'altération de ses traits, la brave femme ajouta :

— Mais qu'a donc monsieur le vicomte?... Serait-il arrivé un malheur?

— Le plus grand de tous les malheurs, dit Achille, on veut marier Jeanne...

— Marier mademoiselle avec un autre que monsieur le vicomte ? s'écria la bonne femme, interloquée, ce n'est pas Dieu possible !... Et qui songe à cela?... Ce n'est pas mademoiselle, toujours?... Moi qui me préparais déjà à vous suivre, à aller vivre avec vous... Un si joli petit ménage !... Mais ce n'est pas encore fait !... Mademoiselle s'y opposera, et si elle n'a que moi pour lui conseiller le contraire !...

— Oui, fit le jeune homme, je sais que vous êtes une brave femme, Annette, et que je puis compter sur vous.

— Oh ! monsieur le vicomte !... Moi qui vous

ai connu tout petit ! qui vous ai fait danser
tant de fois sur mes genoux ! Dieu ! que vous
étiez gai ! Vous ne pleuriez jamais !

— Je réservais mes larmes pour plus tard,
dit Achille avec mélancolie.

Annette fit un brusque mouvement d'épaules.

— Laissez-moi donc tranquille ! Est-ce que
c'est possible que vous soyez séparés ? Ce serait
une cruauté... Je n'y peux pas croire, et quand
même M. le baron aurait ces idées-là, il ne sera
pas le maître... il ne réussira pas, ou ça lui
porterait malheur. Mais je reste à bavarder et
M. le vicomte aimerait beaucoup mieux causer
avec mademoiselle qu'avec moi ?

Le jeune homme ne répondit pas, mais
l'expression de son regard était assez claire.

Annette s'éloigna en courant.

Achille resta seul dans le long corridor qu'un
jour bas éclairait à peine. Sur les vitres chargées
de buée, des gouttes d'eau ruisselaient lentement. Le jeune homme allait et venait, en proie
à une sorte de fièvre impatiente. Ses pas sur le
parquet vide avaient des sonorités mélancoli-
ques. Une grande anxiété descendait en lui. Il
s'approcha d'une fenêtre donnant sur le jardin.
Il vit les têtes dépouillées des arbres que le vent
agitait d'un air triste. Des feuilles à demi jau-

nies, prises dans un tourbillon de vent, semblaient se poursuivre d'allée en allée... Le sol
était détrempé, humide, avec des gouttelettes
pendant comme des pleurs au bout de chaque
branche d'arbuste... Les quelques plantes res-
tées vertes rendaient plus frappante encore la
désolation des autres.

Plusieurs minutes s'écoulèrent, qui semblèrent au jeune homme longues comme des siècles
et mortelles comme des heures d'agonie.

Enfin Annette apparut au bout du couloir.
Elle souriait.

— Mlle de Grandvilliers attend M. le vicomte
au salon, dit-elle d'un air significatif qui mit
un peu de baume sur le cœur ulcéré d'Achille.

Le jeune homme se précipita.

Jeanne était debout, la figure illuminée par
un sourire qui fit au vicomte l'effet d'un rayon
de soleil après un orage.

Son regard rayonna et tout son cœur se fon-
dit dans une grande douceur. L'amour se lisait
dans les yeux de la jeune fille. Il était écrit sur
son front épanoui, sur ses lèvres frémissantes.
Elle l'aimait, elle n'aimait que lui. Il était fou.
Que pouvait-il craindre? Quelles chimères allait
se forger son esprit ?

Jeanne était vêtue d'un peignoir blanc tout

4

enguirlandé de dentelles rousses qui faisaient
ressortir davantage encore la blancheur satinée
de sa peau. Ses cheveux blonds, négligemment noués, tombaient sur ses épaules en tresses
épaisses, soyeuses et dorées comme des éche-
veaux de soie vierge.

Cela tenait-il aux dispositions d'esprit dans
lesquelles il était, et qui lui faisaient paraître
plus désirable encore un bien qu'il avait craint
un moment de perdre, ou bien Mlle de Grandvilliers se trouvait-elle dans un jour favorable
à sa beauté ; jamais Achille ne l'avait vue aussi
charmante, et jamais l'éclat de son visage n'a-
vait fait sur lui une aussi profonde impression.

Il restait interdit, sans voix, comme ébloui.

La jeune fille s'avança vers lui et lui tendit
la main.

— Que vient donc de m'apprendre Annette,
dit-elle avec un sourire... On t'a raconté que
j'allais me marier avec un autre, et tu as douté
de moi au point de paraître tout triste ?

— Pardonne-moi, Jeanne, s'écria le jeune
homme rassuré, mais j'ai si grand'peur de te
perdre !

Il saisit la main de la jeune fille et l'embrassa
avec des transports de joie.

— Je t'ai donné ma parole, Achille, fit Jeanne

doucement... Cela devait t'enlever toute inquiétude.

— Eh ! je ne suis pas inquiet, reprit le vicomte ; je ne doute pas de toi. Je sais bien que
tu m'aimes et que tu ne cesseras pas de m'aimer,
plus que je ne cesserai moi-même. C'est trop
fortement enraciné dans notre cœur, dans notre
âme, dans notre chair, cet amour, pour qu'on
puisse l'en arracher. Nous avons trop pris
l'habitude de penser ensemble pour que notre
pensée s'égare jamais ; mais tu ne sais pas ce
qui se passe, tu ne sais pas ce qui a motivé mes
frayeurs, mes terreurs plutôt, pourrais-je dire...

— Est-ce que mon père ? demanda Jeanne,
devenue pâle, aurait mal accueilli la demande
de ton père, hier soir ?

— Oui... balbutia le vicomte d'une voix sans
souffle.

La jeune fille tressaillit.

— Mon père t'a refusé ma main ?

— Pas positivement, à ce que m'a rapporté
mon père, mais à peu près. Il a dit que j'étais
jeune, sans position.

— Et il ne m'a pas parlé de cela ! Il ne m'a pas
consultée !... murmura Jeanne, dont les traits
s'étaient légèrement contractés. Est-ce qu'il
compterait disposer de moi sans mon consen-

tement?... Tu as bien fait de me prévenir, Achille. Je l'interrogerai moi-même et je saurai ce qui se trame.

— On a prononcé le nom d'un banquier très riche, fit le jeune homme dont l'agitation de Mlle de Grandvilliers renouvelait les inquiétudes... Mon père m'a parlé aussi d'une inégalité de fortune... Tu es beaucoup plus riche que moi...

— Plus riche? dit Jeanne. Non, car je n'ai rien ; je renoncerai, en effet, à tout, si c'est ma richesse qui doit nous séparer.

Le jeune homme leva vers le ciel des yeux éperdus de joie.

— Ah ! Jeanne ! s'écria-t-il, comment deviendrai-je digne d'un tel amour?

La jeune fille n'écoutait pas. Elle semblait violemment émue.

— Refuser ma main, répéta-t-elle, sans me prévenir !... Mais sois sans crainte, Achille, malgré ce refus et quoi qu'il arrive je n'épouserai que toi ou je ne me marierai jamais.

Sur le visage de Mlle de Grandvilliers se lisait une énergie qui étonna Achille.

Comme nous l'avons dit, Jeanne avait alors dix-sept ans accomplis. Il y avait un an seulement qu'elle était sortie de pension et qu'elle rem-

plissait dans l'hôtel de son père le rôle de maîtresse de maison, devenu vacant après la mort
de sa mère. Le baron de Grandvilliers, qui avait
jusqu'alors vécu en garçon, avait commencé
à recevoir, maintenant que sa fille pouvait à
ses côtés faire les honneurs de son salon. Malgré
son jeune âge, Jeanne avait déjà toutes les qualités d'une femme d'intérieur, occupée de son
ménage et de sa maison. Les domestiques l'ai-
maient et la respectaient. Elle était avec eux
douce et ferme à la fois. La comtesse de Montbrison lui avait inculqué ses principes d'ordre
et d'économie. Elle avait été pour elle pendant
quelques années comme une seconde mère.

Jeanne semblait une nature timide et un peu
épeurée comme sa mère, facilement étourdie et
décontenancée par les bruits du dehors, aimant
peu le monde, qu'elle trouvait faux et trop éclatant pour elle, se plaisant dans la solitude re-
cueillie des grandes pièces hautes de son hôtel.
Elle lisait beaucoup, des livres que son père
lui choisissait avec soin, et dans ses rêveries
elle songeait à Achille, auquel elle avait donné
sa foi... L'amour pur qu'elle éprouvait pour
le vicomte avait, cru et augmenté d'année en
année avec elle. Il était, pour ainsi dire, soudé
à sa vie. Jamais elle n'avait imaginé qu'Achille

4.

songerait à aimer une autre femme et qu'elle-même pourrait penser à un autre homme. Elle n'avait jamais prévu pour cet amour une menace ou une catastrophe, tant il lui paraissait naturel et tant il faisait corps avec eux. Pouvaient-ils oublier les heures rayonnantes passées sur le sable chaud des grèves, quand ils n'avaient pas encore l'âge où l'on est femme et adulte, roulés dans une poussière d'or et de diamant ? Ces souvenirs ne passent pas, et retrouverait-elle ces sensations avec un autre qu'Achille?

Combien de fois ils étaient restés tout interdits sur les falaises abruptes, au-dessus de la mer grondante et écumeuse, suivant d'un regard ébloui les transformations féeriques que fait subir aux nuages le soleil avant de disparaître, quand aux tons chauds de cuivre rouge succèdent les nuances claires de l'or pâle ou de l'or vert. Ils étaient comme perdus dans un infini grandiose, avec ce vide empli de mugissements au-dessous d'eux et ce ciel se décomposant avec d'éblouissantes métamorphoses sur leurs têtes.

— Si je mourais, disait Jeanne; si j'étais emportée vers ce ciel si beau ou si je glissais dans ces flots transparents, que ferais-tu?

— Je te suivrais, Jeanne, répondait Achille, et je mourrais aussi !

Ils se serraient la main avec des frémissements dans tout le corps.

Ce passé éclatant chantait encore en elle, comme si c'était d'hier qu'il était vécu. Il lui suffisait de voir Achille pour que tout ce bonheur lui revînt au cœur et l'enveloppât comme d'un nuage radieux... Avec quel autre homme retrouverait-elle ces impressions? Était-ce possible même qu'un autre nom courût sur ses lèvres et qu'une autre image se glissât à côté de cette figure aimée qui emplissait toute son âme, tout son être?...

Jeanne se rappelait cela, et une grande tristesse descendait en elle, bien que sa résolution fût prise dès à présent d'employer tous les moyens de résistance en son pouvoir. Mais qui peut prévoir l'avenir? Qui sait à quelles extrémités se portera le courroux d'un père obstiné et affolé?

La jeune fille commençait à son tour à avoir des craintes comme Achille, et elle comprenait l'émotion qui s'était emparée du jeune homme.

Le vicomte ne disait rien et semblait suivre avec angoisse sur les traits de Jeanne le travail qui se faisait en elle. Malgré l'intimité dans laquelle il avait vécu avec sa compagne d'enfance, il n'avait jamais eu l'occasion d'apprécier le côté énergique de son caractère; il ne soupçonnait pas les transformations que l'âge avait fait subir à ce jeune cerveau. Jeanne était restée pour lui la pensionnaire insouciante et timide qui avait partagé ses jeux pendant les vacances au bord de la mer. Il l'aimait telle qu'elle lui paraissait être, faible et douce. C'était l'éblouissement de sa vie, et il la comparait souvent dans son esprit à une belle fleur qui s'épanouit au soleil, délicate et parfumée, avec des caresses de brise autour d'elle. Cette délicieuse créature lui semblait si fragile qu'il craignait qu'elle ne pût résister au moindre coup de vent, si le malheur venait à souffler sur elle; mais, à sa grande surprise et à sa grande joie, il avait vu, au premier signe d'orage, la fleur se dresser sur sa tige et se montrer capable de braver tous les ouragans.

— Ta parole m'a fait renaître, s'écria-t-il, et m'a remis au cœur le courage... Oui, j'ai foi en toi, et je crois que tu défendras notre amour de toutes tes forces... Mais être à toi et te posséder, c'est un bonheur si grand pour moi que j'en suis parfois effrayé quand j'y songe. Son immensité me donne le vertige... On dit qu'il n'y a pas dans ce monde de joie parfaite ; Dieu l'a réservée pour le ciel. Et t'appeler ma femme, te serrer dans mes bras, c'est la joie parfaite, cela, Jeanne... Si elle allait m'être enlevée en ce monde !

Mlle de Grandvilliers avait tressailli, très émue.

Elle prit la main d'Achille et la serra avec force.

— Ne crains rien, dit-elle... Ne tremble pas!... Mon cœur est à toi, à toi seul, entends-tu. Je te l'ai donné depuis longtemps. Il ne sera jamais à un autre qu'à toi !

Le visage de la jeune fille semblait illuminé en prononçant ces paroles...

Le vicomte saisit cette main douce qui pressait les siennes et la couvrit de baisers brûlants, éperdus...

— Ma femme ! murmura-t-il en extase.

— Mon mari ! dit Jeanne.

— Oh ! que tes serments me font du bien, reprit Achille, suffoqué par l'émotion, les yeux pleins de larmes. J'avais besoin de les entendre avant de partir... Si la confiance ne m'était pas revenue, je serais mort pendant cette année cruelle que je vais passer loin de toi. Une année sans nous voir, ma Jeanne chérie! Cela ne nous est jamais arrivé depuis que nous avons conscience de nous-mêmes, et nous n'aurions jamais osé prévoir que ce fût possible! Mais, maintenant, je vais m'éloigner content, heureux. Je n'aurai plus cette affreuse peur suspendue sur ma tête, que tu ne deviennes pendant mon absence la femme d'un autre!

— Nous séparer?... murmura Jeanne. Mon père oserait songer à cela!...

— Te souviens-tu, Jeanne, dit le jeune homme, du jour où l'orage nous surprit dans la forêt de Moulière?

— Si je m'en souviens! répondit la jeune fille.

— Tu avais onze ans... Étais-tu trempée!... Je te vois encore avec tes cheveux ébouriffés qui tombaient dans tes yeux terrifiés. Le tonnerre grondait comme s'il se fâchait après nous. Les éclairs semblaient nous poursuivre... Ton cœur battait tellement fort qu'il soulevait ma main.

— Oh! que j'avais peur! murmura la jeune fille encore frémissante.

— Je t'emportais dans mes bras sous l'averse, et c'est ce jour-là que je te dis que je n'aimerais que toi, et je te demandai si tu voudrais un jour être ma femme... T'en souviens-tu?

— Oui, je m'en souviens, fit Jeanne, pensive. Tu étais fort déjà!... Tu avais près de quinze ans... Tu m'emportais comme une pauvre petite plume... Et tu me rassurais si gentiment, d'une voix si douce!... Oui, tu as raison... C'est ce jour-là que je pensai aussi que tu étais un bon ami, un bon camarade... Je ne me demandais pas encore si tu serais un jour un bon mari.

— Tu te rappelles cela! s'écria le jeune homme, enthousiasmé.

— Je me le rappelle...

— Tu commençais à devenir belle, belle comme tu devais être. Tu avais de grands yeux qui tenaient toute ta figure...

— Ils ont donc diminué? demanda Jeanne en souriant.

— Non, mais la figure a grossi... Et des cheveux blonds frisés!... C'était un enchevêtrement inextricable de boucles d'or... A partir de ce moment, ton image est restée tellement gravée dans mon cœur que je la dessinerais de mémoire, telle que tu étais...

— Oui... je me rappelle tout cela, murmura Mlle de Grandvilliers avec mélancolie... Tout cela est loin déjà!... Nous étions heureux et gais sans arrière-pensée... L'avenir nous paraissait pur comme un ciel sans nuages, tout tissé de soie bleue... Voilà les points noirs qui s'y forment...

— Les points noirs se dissiperont, Jeanne, s'écria Achille avec feu, si tu m'aimes comme je t'aime!...

— En doutes-tu donc? demanda doucement la jeune fille...

— Non, non, je n'en ai jamais douté, riposta le vicomte.

— Attendons avec confiance!... Dieu sera pour nous!...

Cependant, le temps s'écoulait. Le jour devenait plus bas. Le salon s'assombrissait.

Jeanne tendit la main à Achille. Celui-ci la couvrit de baisers...

— Adieu, dit-il, ou plutôt à bientôt!

— A toujours! répliqua la jeune fille, qui s'éloigna.

Le vicomte resta un moment seul dans le salon, tout ébloui, comme un homme qu'une apparition divine vient de surprendre. Il regardait la porte par laquelle avait disparu Mlle de Grandvilliers et sur laquelle il croyait voir des traces lumineuses.

Il se remit enfin, quitta la pièce et s'engagea dans le couloir, qu'il traversa lentement, le cœur trop plein, comme ne pouvant pas porter son bonheur.

Annette le vit passer. Il y avait un tel rayonnement dans son regard qu'elle n'osa pas l'aborder; elle ne voulait pas interrompre sa belle vision. Annette savait ce que c'est que l'amour... Elle avait aimé.

Elle se contenta de sourire doucement et elle s'effaça discrètement pour n'être pas aperçue du jeune homme.

— Comme il l'aime! murmura-t-elle. Oh! oui, ce serait un meurtre de les séparer!...

Six jours après l'entrevue que nous avons racontée, Achille quittait Paris par la gare de l'Ouest. Il allait en Bretagne, à Saint-Malo. Il n'avait pas revu Jeanne. Quand il était allé faire ses adieux à M. de Grandvilliers, mademoiselle était sortie. Le baron s'était montré plein d'affection cordiale comme autrefois... Cependant Achille avait cru remarquer chez lui un air un peu froid, embarrassé au début. On avait aussitôt parlé du régiment, des fatigues qui attendaient la jeune recrue. On ne plaisantait pas sur la discipline. Il serait sévèrement tenu. Ces rigueurs inquiétaient peu le futur soldat. Il obéirait et tâcherait d'éviter le *clou*. Le baron lui fit de grands souhaits, et quand Achille le pria

de présenter pour lui ses amitiés à Mlle de Grandvilliers, il répondit brièvement qu'il n'oublierait
pas la commission. Ce fut tout. Il ne fut pas
question de Jeanne autrement. Du reste, Achille
savait ce qu'il voulait savoir, c'est-à-dire qu'elle
l'aimait toujours et qu'elle lui resterait fidèle...

Le comte accompagna Achille à la gare. Il
n'avait pas eu le courage d'apprendre à son fils
qu'il était ruiné. Il sera malheureux assez tôt,
pensait-il. Il fallait lui laisser accomplir en paix
son volontariat. Du reste, le gentilhomme avait
des projets que nous connaîtrons plus tard. Il
avait bien réfléchi à ce que lui avaient dit Vernaudon d'abord, Achille ensuite, et il avait été
violemment secoué par la conversation pratique
et cruelle qu'il avait eue avec Grandvilliers. Depuis ces incidents, son cerveau avait travaillé.
De grandes modifications s'étaient faites dans
ses idées, et il ne désespérait plus de pouvoir
conjurer la ruine qui planait sur sa maison et
de rendre possible le mariage de son fils avec
Mlle de Grandvilliers. Une seule chose le surprenait étrangement. Achille ne lui avait plus re-
parlé de la jeune fille. Quelle signification devait-
il attribuer à ce silence? Les idées de son fils
avaient-elles changé subitement, ou bien Achille
était-il tellement sûr de Jeanne que toute in-

quiétude avait disparu de son esprit à son endroit? Il n'en savait rien, et il n'avait pas osé
interroger le vicomte. Ce dernier, tout à son
amour, était à cent lieues de soupçonner que son
père se trouvât dans une position aussi précaire,
et n'avait même pas remarqué l'air préoccupé
qu'avait eu le comte dans les derniers jours.

Achille avait fait retenir un coupé. Il y prit
place après avoir embrassé son père avec effu-
sion. Il partait presque heureux et presque
joyeux.

Néanmoins, quand le train traversa le pont
d'Asnières, dont les piles sonores résonnèrent
bruyamment, et quand le jeune homme, la tête
à la portière, vit se perdre dans un lointain plein
de brouillard et de fumée les dernières maisons
de Paris, de Paris où restait Jeanne, un grand
froid se fit dans son âme. Il lui sembla qu'il
s'éloignait pour toujours. Une année, c'est une
éternité en amour! Qu'allait-il se passer pendant cette année?

IV

Au coin de la rue Sainte-Anne, à cent mètres de la Bourse, à l'entrée d'une vieille maison aux murs jaunis et aux peintures défraîchies, — sorte de capharnaüm où semblent s'être donné rendez-vous tous les genres de commerce; car elle compte au rez-de-chaussée un lampiste d'un côté, un marchand de vins de l'autre, une fleuriste au premier, un fabricant de jouets d'enfants au second, un doreur en faux au troisième et un rempailleur de chaises et de fauteuils au quatrième, — on lisait en lettres d'or sur une plaque de marbre noir : *Le Lourdel et Cie*, banquiers. On entrait dans une cour sombre, aux pavés gluants, encombrée de charrettes à bras, pleine d'un va-et-vient incessant. On apercevait encore une plaque à droite, au fond : *Le Lourdel et Cie*. C'était là. On passait une petite porte et on se trouvait au pied d'un escalier étroit, très sombre, qu'éclairait mal un bec de gaz à flamme nue brûlant en haut. Si on n'hésitait

pas à s'aventurer dans ce casse-cou, on débou-
chait au-dessus dans une sorte de couloir étroit
comme l'escalier, éclairé toute la journée, et
on apercevait sur une banquette de velours
rouge fané, en train d'écrire ou de compter
des bandes, un garçon vêtu d'une livrée de drap
vert foncé avec de larges boutons de métal
ternis. On demandait M. Le Lourdel. Le garçon,
sans se déranger, vous indiquait une porte en
face de lui.

— Entrez !

— Il est chez lui, M. Le Lourdel ?

— Je ne sais pas. Entrez toujours !

On poussait la porte et on tombait dans une
pièce séparée en deux dans toute sa longueur par
un grillage dans lequel s'ouvraient trois guichets. Derrière ce grillage, trois employés âgés
penchés sur des livres volumineux. Devant le
grillage, à deux mètres environ, une longue
banquette garnie de velours acajou passé
comme celle de l'antichambre, pour les clients.
Une atmosphère humide, chargée de buée,
imprégnée d'odeurs de vieilles boiseries insuf-
fisamment aérées, montait aux narines. Dans le
mur, en face des guichets, deux portes s'ouvraient, des portes dissimulées par des fausses
portes rembourrées de cuir vert avec des bor-

dures de clous en cuivre mal entretenus. Sur
l'une de ces portes était écrit ce mot : *Direction*.
Sur l'autre : *Rédaction*. Rédaction ? On rédigeait
donc quelque chose là-dedans ? Eh ! oui, une
correspondance, une correspondance d'une page
ou deux, destinée à maintenir la clientèle, à la
tenir en haleine, à drainer son épargne.

Pour voir M. Le Lourdel, quand on n'était
pas un client de la maison, connu des employés,
il fallait employer des habiletés et des finesses
de diplomate. M. Le Lourdel était si occupé !
Il passait toutes ses nuits à travailler, et le jour
il était à ses affaires. La maison n'avait pas
d'apparence, mais la clientèle était considérable
et solide, toute l'aristocratie et le haut commerce.
À la Bourse, du reste, la réputation de la maison
Le Lourdel était faite. Petite maison, sans
embarras, mais sérieuse. Elle ne suivait pas la
mode du jour. Pas de réclame, pas de luxe, pas
de clinquant. Le Lourdel était un malin. Il ne
jetait pas son argent au vent comme tant
d'autres qui mangent leurs bénéfices en dépenses folles pour tirer l'œil et éblouir le public.
Il n'avait presque pas de frais généraux, et il
passait pour gagner de cinq cent à huit cent
mille francs par an, on ne savait pas au juste.
Et il y avait déjà plusieurs années que cela allait

ainsi ; aussi Le Lourdel était-il fort considéré
dans le temple grec, où l'argent n'a pas d'odeur
et où l'estime suit la progression des revenus.

Quand on était parvenu, après des chuchote-
ments et des allées et venues d'employés, à se
faire ouvrir la porte de M. Le Lourdel, on se
trouvait en présence d'un homme d'une quaran-
taine d'années environ, le buste court, la tête
grosse, les épaules larges, les cheveux grison-
nants, coupés ras, très fournis et très durs, une
brosse de crins, avec des petits favoris taillés
court ; la lèvre haute, sans moustache, donnait
une expression bestiale à la physionomie. Un
nez épais avec des narines largement ouvertes,
d'où sortaient des touffes velues, des yeux qui
avaient quelque chose de la fixité et de la phos-
phorescence des yeux de fauve, des yeux per-
çants qui faisaient baisser les yeux des interlocuteurs. Le Lourdel, en fureur, devait être terrible, mais il ne se mettait jamais en colère. Il
s'était fait mielleux et patelin. Il tenait ses
griffes rentrées. Cela lui rapportait plus, sans
doute, que de montrer les ongles. Il avait, en
parlant, un ricanement rauque qui ne le quittait
pas. Son ambition était de se faire passer pour
un homme gai, un bon enfant sans façon, simple
dans ses manières, modéré dans ses goûts et

dans ses désirs, ayant connu la misère et ayant appris ainsi à se contenter de peu. Qu'est-ce qu'il demandait? Rien d'extraordinaire. Gagner honnêtement sa vie, faire fructifier sa maison en travaillant, comme un bénédictin, vingt heures par jour. Son tempérament robuste le lui permettait, et il n'avait pas de bonheur plus grand que le travail.

Pour connaître le véritable caractère de Le Lourdel, il fallait prendre le contre-pied de ce qu'il voulait paraître. Il était sombre, sournois, haineux, dévoré d'ambitions et d'appétits, aimant l'argent pour l'argent, aspirant avec des ardeurs âcres au jour où il pourrait, sa fortune solidement assise, jeter par-dessus les moulins ce masque qu'il avait été obligé de mettre sur son visage et qui l'étouffait, et donner libre cours à ses passions et à ses vices, qu'il avait contenus jusqu'ici pour prendre sa clientèle par ses dehors austères.

Devant un nouveau venu, il avait l'habitude de raconter son histoire, qu'il entrecoupait de ricanements.

Il avait commencé par labourer la terre. C'était là, en tenant la charrue, parmi les émanations chaudes et saines de la motte fraîchement ouverte, qu'il avait fait provision de cette santé

5.

vaillante qui lui permettait de faire, dans le gaz
et l'air méphytique de son cabinet, plus de besogne que quatre Parisiens. A ce moment, il ne
songeait guère à quitter son pays, un pays superbe, la Vendée, avec des champs de genêts
dont les fleurs jaunes riaient au soleil comme
des louis neufs, des haies épaisses et profondes,
pleines d'oiseaux qui chantaient. Il adorait son
pays. Il lui montait au cœur des bouffées chaudes
quand il en parlait. Comment l'avait-il quitté ?
Il ne se l'expliquait pas encore. Cela lui était
venu tout d'un coup, comme une voix d'en haut.
Pendant son sommeil, il avait eu des tintements
d'or dans les oreilles. Les sillons du sol rouge
qu'il creusait avaient pris comme des reflets
fauves de métal. Et il voyait, dans une sorte de
mirage, Paris qui l'appelait. Il résista longtemps,
et cependant il sentait que sa destinée était là...
Mais à quoi bon ? N'était-il pas heureux comme
il était ?... Il n'aspirait point à devenir riche. Il
se dit, néanmoins, qu'il pouvait être utile aux
autres, et il partit. Il n'avait pas le droit d'enfouir en lui cette intelligence des affaires qui
s'était subitement développée dans son cerveau.
C'était la destinée qui avait parlé. Il ne devait
pas lui désobéir. Dans le village, tous ses camarades lui avaient fait la conduite jusqu'à la gare.

On avait tari il ne savait combien de pichets de cidre à boire à sa réussite. Puis l'heure du train arriva. Il fallut se quitter. On s'embrassa chaleureusement sur les deux joues, en paysan. On se serra les mains à se les briser, avec des poignes habituées à tenir la charrue; puis les autres s'éloignèrent, et il entra seul dans la salle d'attente, au milieu de gens indifférents, qui le regardaient avec curiosité. Comme son cœur s'était serré dans cet isolement! C'est dans ces quelques minutes d'attente que les difficultés de la tâche qu'il entreprenait lui étaient apparues nettement, lui avaient sauté aux yeux, pour ainsi dire. Il lui avait pris des envies de reculer. Il avait peur. Il surmonta cette angoisse. La locomotive sifflait sur le quai. Il se jeta aussitôt dans un wagon pour être sûr de lui. Le train se mit en marche lentement. Le jeune homme entendait encore les chants des amis qui l'avaient accompagné et qui allaient s'affaiblissant, étouffés par les bosquets de verdure. Cela lui fit encore une sensation pénible, comme un grand froid qui tomba sur lui. Puis la locomotive se mit à rouler rapidement, les voix s'éteignirent, et le lendemain matin il était à Paris.

A cet endroit de son récit, Le Lourdel avait coutume de faire une pause. Il regardait son

interlocuteur de ses yeux aigus, pour voir quel
effet avait produit sur lui ce commencement de
narration. Il étudiait sur sa physionomie ses
impressions; si l'homme paraissait indifférent
ou légèrement intéressé, c'est que le sentiment
ne mordait pas sur lui. Le Lourdel prenait une
autre corde. Si l'auditeur, au contraire, avait l'air
enthousiasmé du courage de ce paysan partant
seul à Paris pour tenter la fortune, appelé, pour
ainsi dire, par une vocation mystérieuse, il continuait sur le même ton, en renchérissant encore.

Il arrivait à Paris avec trente-trois francs dans
sa poche. Il avait choisi ce chiffre de trente-trois
francs, qui faisait bien, qui avait l'air réel. Il dé-
ballait donc à Paris avec trente-trois francs dans
sa poche, vêtu d'une veste courte de drap grossier, chaussé de gros souliers ferrés, avec une
blouse et deux chemises dans un mouchoir pour
tout bagage. Deux jours après, il était casé
comme garçon de bureau dans une maison de
banque, chez un brave homme, qui avait été sé
duit par sa figure honnête et joviale. C'était le
pain assuré. Il pouvait travailler. Il s'instruisait
la nuit après avoir passé sa journée à besogner
pour son patron. C'est comme cela qu'il était
arrivé. Il n'avait jamais dormi. Il avait tellement l'habitude de l'obscurité qu'il y voyait

dans l'ombre comme les chats. Quand il eut appris tous les secrets de la banque, quand il se fut
senti aussi fort que le premier financier de
l'époque, il était parti pour l'étranger continuer à étudier les affaires. Il avait déjà pu
faire quelques économies ; puis, quand il eut
approfondi tous les mystères des marchés et des
places de l'Europe, il était revenu à Paris. C'est
alors qu'il avait fondé sa maison, sur des bases
sérieuses, solides. Il ne s'était pas laissé tenter par le démon du luxe, comme ses confrères.
On ne voyait pas des peintures fines à ses pla-
fonds, des panneaux de marbre dans ses escaliers. Il n'avait pas des galeries à trois étages
où trois cents employés faisaient semblant de travailler, mais il gagnait de l'argent, et il en faisait
gagner à ceux qui suivaient ses conseils. Il ne
mettait pas l'or de ses clients sur ses murs ou
sur la livrée de ses domestiques comme tels et
tels qu'il citait. Du reste, il n'avait jamais cherché que l'intérêt des autres, de ceux qui avaient
foi en lui. Pour lui, il ne demandait rien. La
prospérité qu'il faisait naître autour de lui était
sa récompense.

Un gros éclat de rire, qui sonnait ironiquement dans le cabinet, accentuait ces derniers
mots.

On devine bien que cette biographie était trop belle pour être vraie, mais c'est de cette façon que Le Lourdel se posait devant les nouveaux venus. Ceux-ci prenaient ce qu'ils voulaient de son récit, mais les naïfs gobaient tout et se livraient pieds et poings liés à cet homme, qui leur paraissait si désintéressé et si honnête.

En réalité, Le Lourdel était le dernier des coquins. A la Bourse, on l'appelait le Requin, mais les gens de Bourse, et les anciens seuls, se doutaient des tripotages auxquels se livrait le banquier de la rue Saint-Anne. Le monde de la coulisse est essentiellement changeant. Il se renouvelle à peu près tous les six ans, décimé par des morts, des ruines ou par des fortunes subites; car ceux qui ont fait fortune s'éloignent aussi du temple. Tout ce monde de courtiers, de porteurs de cote, de journalistes financiers, de petits banquiers, d'hommes d'affaires, d'écumeurs de tous genres, qui se presse à trois heures sous les colonnades paraît et disparaît avec la mobilité des flots de la mer. Pas un jour ne se passe sans qu'il y ait dans les rangs un vide aussitôt comblé. Tout cela est bruyant, mouvementé; les bruits glissent là-dessus sans y pénétrer. On potine, on médit, on calomnie; mais potins, médisances et calomnies

s'envolent avec les cours du jour. Le lendemain, on pense à autre chose. On a tant d'his-
toires sur les uns et sur les autres!... Quel est
celui qui n'a pas derrière lui sa petite infamie,
son petit cadavre, comme on dit là-dedans?
Il y avait donc bel âge qu'étaient enterrés les
bruits qui avaient couru autrefois sur Le Lourdel. Aucun ne s'en souvenait. Puis, on n'avait
rien su de bien positif sur son compte, même
à ce moment; aussi aurait-on accusé Le Lourdel, qu'il pouvait répondre en toute assurance
qu'on en avait menti, sans craindre d'être mis
le nez dans ses ordures, comme les chats qui
ont fait quelque chose de malpropre. Le Lourdel, passait pour un malin, et on recherche et
on estime les malins à la Bourse.

Il y avait un point vrai pourtant dans le
récit fait par le banquier, c'est qu'il était venu
à Paris en sabots, selon l'expression consa-
crée.

Il était bien entré comme garçon de bureau
dans une maison de banque, mais il n'avait pas
tardé à en être expulsé après plusieurs indéli-
catesses de peu d'importance, mais qui dénotaient les instincts de rapine du nouveau venu.
On ne pouvait rien laisser qui eût quelque valeur à portée de sa main. Il détournait jus-

qu'aux timbres des lettres qu'on le chargeait
de mettre à la poste, et il jouait déjà à la Bourse
les économies de ses camarades, que ceux-ci
avaient l'imprudence de lui confier. Sorti dans
ces conditions de la maison où il avait trouvé
un emploi, le jeune Vendéen était d'un place-
ment difficile, aussi ne chercha-t-il pas de
nouveaux maîtres. Il se lança libre et sans scru-
pule sur le pavé de Paris, sans pain souvent,
les souliers éculés, mais apte à toutes les beso-
gnes louches, couchant dehors l'été pour écono-
miser le prix d'un hôtel, songeant déjà à sortir de
sa boue et à faire son trou dès qu'il aurait une
mise de fonds. Existence terrible, existence de
fauve cherchant sa pâture dans un pays civilisé,
ayant toujours, planant sur lui, la crainte d'être
pris et mis en cage; exposé au vent, à la pluie, au
froid et aux chaleurs, le visage bronzé et inquiet
comme un bandit de grand chemin; roulant
et roulé, espèce d'épave humaine à la merci de
la fortune, mais ayant l'ambition d'être riche,
qui brûlait dans son crâne comme une flamme
ardente que rien ne pouvait éteindre, et qui
éclairait toute cette vie d'expédients et de ha-
sards.

Plusieurs années s'étaient écoulées ainsi
dans des alternatives de bonne et de mauvaise

veine, quand un jour enfin la chance se dessina.
Le Lourdel, qui se nommait alors Lourdel tout
court, la particule ne lui étant venue, comme à
tant d'autres, qu'après le succès, avait fait connaissance avec une bande d'écumeurs comme
lui, dont l'industrie consistait à faire passer
en fraude dans Paris du cognac, de l'absinthe et
d'autres liqueurs. Lourdel, qui était doué d'une
force peu commune, pouvait leur être très utile.
Ils l'associèrent avec eux. On gagnait gros et l'argent abondait. Les compagnons de Lourdel dé-
pensaient leur gain au fur et à mesure, en festins
et en débauches de tous genres. Lui, il entassait, il entassait avec avidité. Il n'avait jamais
aussi mal vécu que depuis qu'il gagnait de l'argent. On le plaisantait sur son avarice sordide,
mais il laissait faire. Il savait que les bénéfices
ne dureraient pas toujours ; qu'on serait pris
un jour ou l'autre ; et il voulait se mettre à couvert avant la débâcle avec un petit capital. C'est
ce qu'il fit fort habilement. Un beau jour, il tira
sa révérence à la compagnie et disparut. Il avait
cinq mille francs d'économie ! cinq mille francs !
Quinze jours après son départ toute la bande
était arrêtée. Lourdel ne fut pas inquiété.

A partir de ce moment, le vagabond fit peau
neuve. On vit apparaître sur les marches de la

Bourse un homme carré, solide, bien campé
sur ses jambes courtes, à l'œil audacieux, pro-
prement vêtu, une lourde chaîne d'or barrant
le ventre. C'était M. Lourdel, Lourdel nouvelle
manière. Que faisait-il ? Il spéculait, timidement
d'abord ; puis, la fortune semblant lui sourire,
il s'enhardit. Il était très sérieusement engagé
sur le Mobilier, quand le Mobilier s'effondra.
C'était la ruine de nouveau. Il perdait non seulement tout ce qu'il avait gagné, mais tout ce
qu'il possédait, et au delà. Il ne paya pas. Il fit
le plongeon. Il alla vivre d'un autre métier ;
mais sa mésaventure lui donna une idée qu'il
exploita plus tard et qui fit sa fortune. Il avait
monté un cabinet d'affaires aux environs de la
gare du Nord. Cette nouvelle industrie ne dura
pas encore. Ses manœuvres peu légales avaient
attiré sur sa maison l'attention de la préfecture
de police. Un mandat d'amener fut lancé contre
lui ; mais il put s'enfuir à l'étranger, au nez
et à la barbe des agents. Nous verrons plus tard
comment il avait réussi à leur échapper.

Un matin de l'année 187., tous les gens qui
spéculent aperçurent dans les journaux une
annonce de deux lignes, en lettres grasses, qui
attira leur attention : *Opérations de Bourse sans
risques. Capital doublé en un an. Écrire : L. L.,*

poste restante, bureau de la Bourse. Cette curieuse réclame n'annonçait rien moins que la
réapparition sur la place de Paris de l'ancien
Lourdel, qui avait enfin trouvé sa voie, et qui se
nommait maintenant Le Lourdel. Dans son exil,
Le Lourdel avait réfléchi. Ce qui lui avait rela-
tivement le mieux réussi, c'était la Bourse. Il
n'avait commis qu'une sottise, c'était de jouer
avec son argent. Quand il spéculerait avec le
capital des autres, ce serait parfait, mais il fallait
avoir ce capital. Le Lourdel chercha et trouva
les deux lignes que nous avons reproduites, et
qui tombaient sur le public au moment le plus
propice, quand Paris et la province étaient pris
déjà de cette fièvre de spéculation qui devait
amener quelques années plus tard de si graves
désastres. Les lettres affluèrent à l'adresse L. L.
Le Lourdel y répondit de sa propre main,
expliquant son système, système très simple et
très compliqué tout à la fois. Il consistait à se couvrir sur des valeurs d'ordre différent, de façon
à diminuer, sinon à atténuer tout à fait les risques
de perte, tout en conservant ses chances de gain.
C'était spécieux, impraticable même, attendu
que personne ne sait quelles sont les valeurs qui
monteront ou baisseront à la liquidation prochaine, mais c'était séduisant pour des gens

qui sont loin et qui s'entendent très peu aux affaires de Bourse, sinon pas du tout. Les premiers
capitaux se risquèrent ; puis, quand l'aventurier
vit qu'on mordait à son amorce, il alla s'établir
rue Sainte-Anne pour exploiter l'affaire en grand.
Une correspondance imprimée avait succédé aux
lettres autographes. La clientèle croissait à vue
d'œil. Elle croissait d'autant plus rapidement
que Le Lourdel exécutait fidèlement son pro-
gramme. Pendant un an, quelquefois deux, le
client était en bénéfices à chaque règlement de
compte, jusqu'au jour où arrivait en Bourse une
catastrophe imprévue qui lui râflait à la fois sa
mise de fonds, son gain et quelquefois une partie
de ce qu'il possédait. Alors il recevait une lettre
éplorée de Le Lourdel. Le banquier essayait de
lui expliquer qu'il y a des catastrophes que le
financier le plus habile ne peut pas prévoir.
Des coups de coquins qui s'abattent de temps à
autre sur le marché. Il en était la première
victime, etc., etc. Bref, il concluait en offrant
de réparer les pertes. On continuait les opérations ou on s'arrêtait ; mais Le Lourdel avait
empoché les différences perdues, car il jouait
contre son client, qu'il avait engagé tout exprès
sur une valeur sujette aux soubresauts.

Chaque spéculateur qui avait le malheur de

mettre le pied dans le piège de la rue Sainte-Anne
devait fatalement y laisser un morceau de sa
personne. Le Lourdel s'enquérait aussitôt de son
état de fortune, de ses relations, de ses habitudes,
de ses ressources, pesait et soupesait la somme
qu'on pouvait lui enlever sans le faire trop crier ;
car il ne voulait pas la mort complète du client.
Une bonne saignée lui suffisait. Quand il était
fixé là-dessus, il manœuvrait en conséquence. Le
banquier calculait le degré de résistance de
l'infortuné d'après sa correspondance. Il appelait cela tâter le pouls à sa clientèle. Puis, quand
il voyait, par le ton des lettres, le malheureux
enthousiasmé par ses gains successifs, complètement emballé, il lui adressait une missive con-
fidentielle. Il avait en vue une affaire superbe. Si
le correspondant voulait risquer seulement ce
qu'il avait gagné déjà avec lui, il pouvait faire
une petite fortune. L'autre, alléché, s'enga-
geait aussitôt, non seulement pour la somme de
bénéfices encaissés, mais il ajoutait encore tout
l'argent dont il disposait. Il fallait bien profiter
d'une si belle occasion. Alors le piège se fermait
brusquement, et le pauvre client n'en sortait que
tout à fait tondu ou rasé à demi, à la volonté de
Le Lourdel.

Quand on était depuis un instant dans le ca-

binet de la rue Sante-Anne, on voyait entrer
par une porte du fond dissimulée dans la boise-
rie un garçon dont il aurait été fort difficile
de définir l'âge, long et maigre comme un I,
la figure glabre, les yeux battus, de longs cheveux tombant sur un col graisseux, vêtu d'une
redingote âgée ressemblant assez à un fourreau
de parapluie, et dont toutes les coutures étaient
jaunies. C'était le secrétaire du banquier. Il rédigeait la fameuse correspondance. Ancien ré-
dacteur d'un journal financier dont le patron lui
donnait de temps en temps une pièce de cinq
francs en guise d'appointements, il avait été
cueilli, mourant de faim, par Le Lourdel, qui le
nourrissait à peu près. Pendant six ou sept ans,
ce garçon, instruit, mais sans force de caractère,
sans volonté, avait mené l'existence la plus
étrange et la plus malheureuse. Il passait son
temps à écrire des articles où il n'était question
que de millions. Pendant toute la journée, dans
la maison de banque de son patron, il entendait
le tintement des pièces jaunes et le froissement
soyeux des billets de banque, et il n'avait jamais
le soir dans sa poche les deux francs nécessaires
à son dîner. Sorte de Tantale moderne plus misérable que le Tantale antique, il mourait de
misère entre les sacs gonflés d'or. Il ne manquait

pas d'esprit et d'instruction, mais il n'avait rien pu faire. On le disait paresseux. Il paraissait l'être. La finance lui répugnait, et il ne se mettait à la besogne qu'à la dernière extrémité, quand il était acculé par le besoin de *copie*. Or, son journal ne paraissait qu'une fois par semaine ! Il travaillait donc deux heures le jeudi soir. Par découragement ou par indifférence, il ne cherchait pas à faire autre chose. Son temps s'était passé à flâner, à courir de brasserie en brasserie après son premier patron, qu'il atteignait rarement, et à lui arracher pièce de cent sous par pièce de cent sous les maigres appointements qui lui étaient alloués. Ce patron, un juif, prétendait qu'il ne voulait pas donner de grosses sommes à son employé parce que celui-ci les dépenserait aussitôt et resterait sans pain jusqu'à la fin du mois. Cette sorte de paria financier était connu à la Bourse sous le sobriquet de *l'Émincé*, qu'il devait à sa maigreur vraiment fantastique. Il avait parfois sur le visage des teintes verdâtres qui sentaient le cadavre. Il effrayait ces ventrus pleins de bocks qui étalent, entre deux et trois heures de l'après-midi, leur rotondité sur les marches du temple grec. Il se nommait en réalité Madeline, un nom doux comme lui.

Son entrée chez Le Lourdel avait requinqué

un peu le bohème. Il était encore mal payé, mais
il était payé régulièrement, aussi s'était-il pris
pour le banquier d'une véritable affection. Aucun sens moral, du reste, et trouvant les opérations de Le Lourdel parfaitement honorables.
Madeline n'avait jamais vu faire autre chose.
Il n'avait jamais entendu parler comme moyens
d'existence et de fortune que des façons plus ou
moins habiles d'attraper le public. Il trouvait
son patron plus fort que les autres, voilà tout, et
son amitié pour lui se doublait d'une véritable
estime. Le Lourdel, qui avait deviné ce sentiment, n'avait rien de caché pour le journaliste,
dont il avait fait son factotum, son confident, son
bras droit. Il ne pouvait plus se passer de lui. Ses
saillies l'amusaient, il avait besoin de sa plume
pour tourner les phrases alambiquées qu'il était
obligé d'employer pour tromper sa clientèle.

Tel était le personnel de la maison de banque
dont M. de Grandvilliers devait devenir un des
clients les plus importants et les plus assidus.

Dès qu'était arrivée à Le Lourdel la lettre du
baron, qui, alléché par la petite annonce, mettait à la disposition du banquier, pour ses spéculations, une somme assez importante, celui-ci
s'était empressé, comme d'habitude, de prendre
des renseignements sur ce nouveau correspon-

dant. Il n'avait pas tardé à être fixé. Le baron
de Grandvilliers était un client de marque, un
client à ménager tout spécialement. Il possédait
une fortune considérable pour la province, en
terres ou en rentes sur l'État. Il paraissait âpre
au gain. Le Lourdel, avec quelques manœuvres
habiles, pouvait le tenir bientôt dans sa main.
C'est ce qui arriva. Le baron, qui était venu à
Paris et s'était présenté rue Sainte-Anne, avait
été séduit par l'apparence austère de la maison
Le Lourdel et Cie, autant que par le génie financier qu'avait étalé devant lui l'homme qui la di-
rigeait. Au bout de quelque temps, il ne jura
plus que par Le Lourdel. Celui-ci, du reste, lui
faisait gagner de l'argent constamment; à toutes
les liquidations, le compte du baron se soldait
par un bénéfice plus ou moins considérable.
C'était merveilleux, et comment le baron n'au-
rait-il pas eu la plus grande considération pour
l'homme habile qui augmentait ainsi ses revenus? Il en était à ce point entiché qu'il n'avait pas
hésité à quitter la province pour se fixer à Paris,
où il serait plus à même de suivre lui-même des
opérations qui l'intéressaient si vivement.

On pense bien que Le Lourdel avait un autre
but que de faire gagner de l'argent au baron de
Grandvilliers. Depuis longtemps, une ambition

hantait son cerveau. Il voulait se marier. Il voulait asseoir définitivement sa position par une
alliance qui lui ouvrirait les portes des salons
parisiens, qui le sacrerait, pour ainsi dire, comme
un des financiers cotés sur la place, que l'on con-
sidère et que l'on reçoit. Il était assez riche maintenant. Il laisserait de côté les tripotages qui lui
avaient mis le pied à l'étrier et ferait de la banque sérieuse, honnête, au grand jour. Les bénéfices seraient peut-être moins considérables,
mais il gagnerait, du moins, la considération, la
respectabilité qui lui manquaient. Or, le baron de
Grandvilliers avait une fille. Cette fille était bien
élevée. On la disait charmante. Elle était moins
riche que lui, mais n'était-il pas assez riche pour
deux ? Il s'agissait pour le banquier d'ensorce-
ler assez le père pour qu'il lui accordât la main
de sa fille, les yeux fermés, pour ainsi dire.

Cette tâche n'était pas au-dessus des moyens
de Le Lourdel. Il avait mené à bien des entreprises plus difficiles. En effet, il était à peu près
arrivé à son but, puisque nous avons vu le baron
refuser, presque brutalement, la main de Jeanne
de Grandvilliers à Achille de Montbrison. Le
Lourdel avait mis sa griffe aiguë sur le pauvre
père. Celui-ci était tellement affolé par les
millions que le banquier avait agités devant ses

sortaient de terre ainsi que des champignons, en une nuit. Il y avait en France comme un prurit d'or. Des gens sans le sou devenaient millionnaires du jour au lendemain. Et c'était ce moment où tout le monde s'enrichissait qu'il avait choisi, lui, pour se ruiner. C'était trop bête! Le comte sentait la fièvre le gagner comme les autres. La vue seule du *Crédit de Navarre* l'avait grisé.

Vernaudon ne disait rien, le laissant à ses pensées.

La haute administration de la banque occupait le premier étage de l'hôtel. Les fenêtres de la salle du conseil donnaient sur la loggia que le comte avait admirée du dehors. On monta un escalier couvert d'un tapis moelleux et on se trouva dans une antichambre longue, meublée de deux tables de chêne devant lesquelles se tenaient deux garçons en habit noir et en cravate blanche, un plateau d'argent devant eux pour recevoir les cartes des visiteurs et les transmettre au président, au directeur ou aux administrateurs. Cinq ou six grooms en veste verte à boutons dorés étaient assis sur une banquette au fond, guettant les coups de timbre et disparaissant à tour de rôle, comme des passereaux effarouchés, dès qu'ils se faisaient entendre.

Quelques visiteurs attendaient debout, l'œil collé aux vitres qui donnaient sur la grande salle, suivant le mouvement du public en bas ou les allées et venues des employés sur les galeries.

Vernaudon s'approcha d'un des huissiers.

— Monsieur le président est-il visible?

— Monsieur le président est très occupé...

— Oui, je sais, fit le notaire en souriant, mais il nous attend, et il nous recevra. Voulez-vous lui passer ma carte?

Le domestique mit la carte sur le plateau d'argent et disparut.

Le comte s'était approché de la fenêtre pour regarder dans la salle.

Il se trouva à côté de deux hommes qui causaient à voix basse. L'un, qui était sans chapeau, sans pardessus, semblait être de la maison. L'autre tenait son feutre à la main, intimidé par le luxe qui l'entourait.

— Oui, mon cher, disait le premier, j'ai bien cru que nous ne pourrions pas l'inaugurer, ce fameux hôtel.

— Comment cela? demanda l'autre, interloqué, est-ce que la Société n'est pas solide?

— Si... si... fit le premier, mais il y a bien des chausse-trapes...

Le comte avait tressailli. Il s'approcha de

Vernaudon et lui fit part, à l'oreille, de ce qu'il venait d'entendre.

Le notaire haussa les épaules.

— Ce sont des plaisanteries faciles, dit-il, qu'on fait dans les établissements financiers. Voilà dix ans qu'on annonce la chute du Crédit Nantais. Est-ce qu'il est tombé?...

A ce moment, par la grande porte du conseil, arrivait dans l'antichambre un homme de trente-cinq à quarante ans environ, la moustache fine, la mise élégante, une rosette à la boutonnière, qui s'inclina devant les visiteurs, avec une grande politesse.

— Monsieur le président est bien occupé, dit-il... Il prie néanmoins monsieur le comte de l'attendre une petite minute... Si monsieur veut prendre la peine d'entrer dans la salle du conseil...

Il s'effaça pour laisser passer le comte et Vernaudon.

Une nouvelle surprise, un nouvel éblouissement attendait les visiteurs. La salle du conseil, grande pièce longue prenant jour par une large baie donnant sur la *loggia* et deux autres fenêtres de chaque côté, dépassait encore, en richesse fastueuse, tout ce qu'ils avaient vu. Les murs, ornés d'une profusion de sculptures

7

et de dorures, étaient divisés en panneaux en-
cadrant des peintures fines. Le plafond, dû au
pinceau d'un artiste célèbre, représentait comme
figure principale, la Fortune, le pied sur une
roue d'or, dans un ciel bleu et rose. Les coins
étaient pleins d'amours joufflus, suspendus à
des guirlandes de fleurs. De vastes glaces, une
cheminée de marbre blanc, copiée sur une cheminée de Versailles, un lustre grand comme un
lustre de théâtre complétaient l'ornementation.
L'ameublement se composait d'une longue table
couverte d'un tapis riche avec des buvards sur
lesquels étaient écrits en lettres d'or les noms
de chaque administrateur, symétriquement alignés; des chaises carrées et rembourrées de
chagrin marron sombre avec des filets dorés
étaient disposées devant chaque buvard. Au
milieu, un fauteuil pour le président. Dans le
fond, près des fenêtres, deux petites tables pour
les secrétaires.

Celui des secrétaires qui était venu au-
devant du comte et de Vernaudon invita les
visiteurs à s'asseoir.

Un grand silence se faisait dans la pièce, quand
tout à coup un bruit étrange s'éleva d'un bureau
situé à gauche de la salle. C'était comme un rou-
lement de syllabes gutturales, écrasées par de

fréquents accès de toux... Au milieu de cet éclaboussement de sons, le comte distingua ces mots :

— Est-ce que vous croyez par hasard que nous fabriquons de l'argent ici? Non, non... Vous direz à votre patron qu'il n'aura plus un sou... plus un sou... J'y suis bien décidé. J'ai ma responsabilité à couvrir !...

En même temps la porte s'ouvrit, et on vit sortir du bureau un jeune homme un peu effaré, qui s'en allait à reculons, en saluant, pendant qu'un autre homme de petite taille, très large, très rouge, les cheveux gris hérissés, apparaissait derrière, toussant, soufflant, encore tout ému de son accès de colère, qui avait redoublé ses pituites.

A la vue du comte et de Vernaudon, il se remit un peu et leur fit signe d'entrer avec force démonstrations et politesses, son dos rond roulant derrière eux.

Le secrétaire général s'était glissé avec les visiteurs. Il se mit en lumière, et de son air affable, cherchant ses mots, il s'adressa au président :

— M. Vernaudon vient vous présenter, monsieur le président, M. le comte de Montbrison, qui désire faire partie du Conseil d'administration du *Crédit de Favarre*. Monsieur le président se rappelle sans doute que la question a été agitée.

Le président se leva à demi de son siège et regarda le comte.

— Ah ! oui, dit-il de sa voix rauque, ponctuée par des éclats de toux, je sais... Parfaitement... On m'en a parlé !... Nous serons très heureux et très flattés d'avoir M. le comte parmi nous.

Le comte salua.

— M. le président est trop aimable. Je ne suis peut-être pas, ajouta-t-il, au courant des affaires, mais je ferai de mon mieux.

Le président eut de gros éclats de rire.

— Oh ! ce n'est pas nécessaire, s'écria-t-il... Les affaires, c'est si facile ! Puis, se tournant vers le secrétaire qui souriait doucement, sans qu'on devinât si c'était de la présentation du comte ou des paroles de son supérieur, il ajouta :

— Mais j'y songe, avons-nous une place dans le conseil ? C'est comble, archi-comble !... Nous sommes déjà quinze, et ce sont des frais... Les frais nous mangent !...

Il se tourna et se retourna brusquement dans son fauteuil de cuir vert.

Le gentilhomme était mal à l'aise. Malgré la réputation politique dont jouissait le personnage qui le recevait, il le trouvait singulièrement commun.

Le secrétaire s'était avancé, voyant le froid jeté par les paroles du président.

— Si c'est nécessaire, monsieur le président, dit-il avec son sourire conciliant, M. le marquis de Spada donnera sa démission.

Le financier se dressa brusquement.

— Encore! s'écria-t-il, et il s'étouffa dans un violent accès de rire qui amena une quinte de toux formidable.

Le secrétaire, remarquant la stupéfaction peinte sur le visage du comte, lui expliqua alors, ainsi qu'à Vernaudon, que le marquis de Spada était une épave du conseil d'administration de leur prédécesseur, le célèbre Le Fourreur. Chaque fois qu'un membre nouveau se présentait pour entrer dans le conseil, on obligeait le marquis à donner sa démission, — ce qu'il faisait sans murmurer, mais le lendemain, grâce à l'influence du prédécesseur qui était encore puissant dans la maison, il rentrait dans le conseil, qui comptait alors un membre de plus. Cela était arrivé déjà sept ou huit fois. C'est ce qui motivait l'hilarité du président.

Le comte semblait chercher dans sa mémoire.

— Marquis de Spada, murmurait-il, je ne connais pas cette famille-là.

Le secrétaire eut un sourire d'une ironie angélique.

— Que monsieur le comte ne se donne pas la peine de chercher, le nom n'est pas dans le *Nobiliaire*. Notre prédécesseur, qui était un homme fort habile, avait composé son conseil de notabilités aristocratiques qu'il avait fabriquées lui-même. Toute cette ivraie a été arrachée ou à peu près, et à part le marquis et quelques comtes romains, comme le comte des Champs, on ne trouve plus chez nous que du bon grain, c'est-à-dire de la noblesse authentique.

Il accentua son sourire pour faire remarquer le trait qui terminait la phrase.

Le comte regardait Vernaudon de l'air interloqué d'un homme qui a les pieds empêtrés dans une fondrière qu'il n'avait pas aperçue. Tout le surprenait en cette étrange aventure. Ça promettait d'être fort gai, les affaires. Avec quinze gaillards comme le président, les séances du conseil devaient être très amusantes.

Le président, qui était parvenu enfin à dompter son accès de toux, se tourna vers son secrétaire général.

— Ne faudrait-il pas, demanda-t-il, présenter M. le comte à M. le directeur ?

— Ce serait convenable, en effet, répondit le secrétaire. Mais M. le directeur est-il dans son cabinet ?

— Oui, il est arrivé en même temps que moi.

Il se leva aussitôt et se tourna vers le comte et Vernaudon.

— Si ces messieurs veulent me précéder...

Le secrétaire s'était précipité pour ouvrir la porte.

On traversa de nouveau la salle du conseil et on entra dans un cabinet absolument semblable à celui du président. Un homme grave, pâle, avec des favoris tombant, se leva solennellement quand la porte s'ouvrit.

Le président avait roulé jusqu'à lui avec des mouvements d'épaules assez semblables au tangage d'un bâtiment par une mer agitée.

— Je viens vous présenter, monsieur le directeur, dit-il, M. le comte de Montbrison, qui, ainsi que vous le savez, doit faire partie de notre conseil d'administration.

Le directeur s'inclina solennellement, sans un mouvement d'yeux, sans un jeu de physionomie, raide et gourmé, comme s'il était en bois.

— Si ces messieurs veulent prendre la peine

de s'asseoir... Nous serons très honorés d'avoir
parmi nous M. le comte de Montbrison, dont
le nom, justement considéré... et même glorieux...

Le reste de la phrase se perdit dans un sourire embarrassé.

Le comte avait souri aussi. Il trouvait enfin
l'homme d'affaires tel que son imagination l'a-
vait conçu, pointu et glacé comme un chiffre. Il
ne devait pas être gai, celui-là. Il portait sans
doute dans sa tête tout le poids des préoccupa-
tions de la maison.

Il allait répondre au compliment qui lui était
adressé, quand il vit avec surprise un œil félin
fixé sur lui. Cet œil l'impressionna. Il distingua
alors dans l'ombre, assis sur un canapé, un
homme de courte taille qu'il n'avait pas aperçu
encore. Cet homme aux traits communs, mais
dont le regard doucereux et le sourire légèrement
gouailleur dénotaient une finesse extrême, n'a-
vait pas fait un mouvement et ne s'était pas
levé à l'entrée des visiteurs. Il était resté dissi-
mulé dans la pénombre.

Le président avait remarqué l'étonnement du
comte. Il jugea qu'une présentation des deux
hommes était nécessaire.

— Monsieur Le Fourreur, dit-il en désignant

l'inconnu, l'éminent financier qui veut bien nous aider de ses conseils. M. Le Fourreur n'est plus que le conseil de cette maison qu'il a faite.

M. le Fourreur s'était levé. Il salua le comte avec le sourire narquois stéréotypé sur ses lèvres, puis il disparut par une porte de derrière.

— Eh bien ! demanda Vernaudon à son compagnon quand ils descendirent tous les deux les marches du *Crédit de Navarre*... monsieur le comte est-il satisfait de sa visite ?

— Oui, répondit celui-ci en riant, je crois que je ne m'ennuierai pas trop là-dedans...

Huit jours après, l'organe du *Crédit de Navarre* annonçait à grand fracas l'entrée dans le conseil d'administration de cette Société, déjà composé de tant d'illustrations financières, politiques et nobiliaires, du comte de Montbrison qui... du comte de Montbrison que... un nuage d'encens pour étourdir à la fois celui qui était l'objet de cette réclame éhontée et ceux pour lesquels elle avait été écrite.

Le comte de Montbrison était frappé à son tour. La peste jaune comptait une victime de plus.

7.

VI

Il y avait trois mois environ que le vicomte de Montbrison était à son régiment, remplissant avec ardeur et courage, comme les autres, son devoir de simple soldat. Il n'avait pas reçu de nouvelles de Jeanne de Grandvilliers, mais il n'avait pas d'inquiétude. Son âme était pleine de foi et d'espérance. Il attendait assez patiemment les vacances de Pâques qui approchaient et pendant lesquelles il espérait obtenir quelques jours de congé, quand il reçut un matin une lettre dont la suscription le fit tressaillir. Elle était d'une main de femme un peu tremblée. La missive venait de Paris. Il la tournait et la retournait dans sa main, n'osant pas l'ouvrir. Il avait pensé à Annette en voyant cette lettre, et il tremblait qu'on ne lui annonçât quelque mauvaise nouvelle. Qui lui écrivait là ? Ce n'était pas M\ul{lle} de Grandvilliers. Il connaissait son écriture. Il se décida enfin à rompre le cachet et faillit tomber à la renverse, tant la commotion qu'il reçut fut vive.

Il était devenu d'une pâleur livide et des lueurs passaient devant ses yeux comme lorsqu'on va se trouver mal. Le papier contenait une ligne laconique, mais terrible : « Votre bonheur est menacé. Venez vite !... Signé Annette. »

Venez vite ! Pouvait-il partir ? Son devoir le retenait où il était. Ah ! ce qu'il souffrit pendant quelques minutes ! Que se passait-il donc là-bas ? Il ne doutait pas de la fidélité de Jeanne, mais la jeune fille n'avait pas eu la force probablement de résister aux instances de son père. Et il n'était pas là ! Il ne pouvait pas la soutenir et la défendre ! On la contraignait sans doute à recevoir ce Le Lourdel plusieurs fois millionnaire, dont le nom sonnait l'or, et que le baron de Grandvilliers devait aimer et estimer parce qu'il était riche ! Riche ! L'argent est donc tout dans ce siècle vénal et bâtard ? Il faut donc que tout le monde lui obéisse, que tout se courbe devant lui ; que les grands sentiments s'évaporent à son contact ! Que l'amour lui-même cède le pas !

Des accès de rage s'emparaient du jeune soldat. Il ne songeait à rien moins qu'à solliciter un congé, à partir pour Paris, à aller provoquer ce Le Lourdel, à lui demander pourquoi il

lui enlevait sa fiancée, et à le tuer comme un
misérable qu'il était, s'il ne cessait pas sur
l'heure ses visites à l'hôtel de Grandvilliers.

Après avoir roulé dans sa tête d'insensés projets de vengeance, Achille se sentit un peu plus
calme, plus raisonnable. Il n'avait cependant
pas abandonné l'idée d'aller à Paris. Il souffrait
trop. Il voulait savoir ce qui se passait, voir
Jeanne et apprendre de sa bouche même ce qui
avait motivé le terrible billet d'Annette, qui n'a-
vait sans doute pas été envoyé à son insu. Pour
partir, il fallait une permission et c'était difficile. On n'en accorde guère, mais Achille fut
si pressant, si éloquent, il y avait tant de
douleur peinte sur sa figure que son colonel en
fut touché. Il lui donna quarante-huit heures...
Quarante-huit heures ! C'était le salut. Le vicomte se jeta dans le premier train en partance.
C'était un express. Il trouva qu'il allait comme
un escargot, et il ne quitta pas la portière de tout
le trajet, semblant vouloir activer la marche de la
locomotive de toute son impatience. A dix heures
du soir, il descendit à la gare Saint-Lazare.

. . . .

De terribles événements financiers s'étaient
passés depuis le départ du vicomte de Montbrison. Un effondrement épouvantable s'était pro-

duit à la Bourse. Tout l'édifice de hausse laborieusement échafaudé depuis plusieurs mois croulait à la fois. Le marché était aux abois. On voyait des valeurs affolées perdre trois cents et six cents francs par heure. Le baron de Grandvilliers, très engagé suivant les conseils de Le Lourdel sur les titres à la mode, était accouru, éperdu, dans des transes terribles, rue Sainte-Anne. Il trouva le banquier, aussi calme que d'ordinaire, assis dans son cabinet, faisant sa correspondance. Il semblait étranger à tout ce qui se passait et ne rien connaître de cet effroyable écroulement. Cette tranquillité rassura un peu le baron.

— Eh bien ? demanda-t-il d'une voix encore étranglée pourtant par l'angoisse...

Le Lourdel posa sa plume sur son bureau, et sans paraître remarquer le visage bouleversé de son visiteur :

— Monsieur le baron vient voir combien il perd ?... dit-il avec un flegme qui fit tressaillir Grandvilliers.

— En effet,... balbutia ce dernier, qui sentait des gouttes de sueur froide perler à ses tempes... J'étais beaucoup engagé sur la Fusion, et je crains que vous n'ayiez pas pu... du reste, vous n'aviez pas d'ordres...

— Oh ! j'aurais bien agi sans ordres, répliqua Le Lourdel, si j'avais été prévenu à temps... Malheureusement, il était trop tard.

— Ainsi, vous n'avez pas pu me dégager ? demanda le baron d'une voix tremblante d'anxiété.

— Impossible ! Je perds moi-même deux millions...

Le gentleman était devenu livide.

— Deux millions ! bégaya-t-il.

— Deux millions, ni plus ni moins, dit Le Lourdel, toujours impassible. Heureusement on a des ressources et on ne sautera pas cette fois encore... Il me reste cinq millions, dont trois à l'abri. Sacrés, ceux-là. Ils ne bougeront pas. Les deux autres me serviront de projectiles, et je descendrai dans l'arène à mon tour... avec eux... Nous verrons bien qui rira le dernier... Quel branle-bas et quelle revanche !...

Le baron sentait ses cheveux se dresser sur son crâne. Si Le Lourdel perdait deux millions, combien perdait-il, lui ?

Le banquier parut s'apercevoir seulement de ses inquiétudes.

— Mais je parle de mes affaires. Vous aimeriez sans doute mieux connaître les vôtres, quoiqu'il soit difficile d'être fixé complètement. La valeur soubresaute comme une carpe dans une poêle. Elle va remuer encore quelques jours ainsi. Elle fera quelques efforts, comme le poisson à l'agonie, pour sortir de la friture ; pour moi, elle n'en sortira pas. Dès aujourd'hui elle est cuite et bien cuite. Mais ce n'est que le jour où elle ne bougera plus du tout qu'on pourra savoir seulement où on en est... Néanmoins je vais vous faire donner un aperçu de votre situation d'après les derniers cours.

— Je vous en prie, fit M. de Grandvilliers, qui commençait à y voir trouble et qui sentait de sinistres bourdonnements à ses oreilles.

Le Lourdel, toujours calme, presque narquois, frappa sur un timbre. La porte de derrière s'ouvrit. Le secrétaire entra.

— Madeline, fit le banquier, voulez-vous avoir l'obligeance de faire relever le compte de M. le baron de Grandvilliers au cours de clôture... Vous me l'apporterez.

— Oui, monsieur.

Madeline disparut. Un silence de quelques minutes se fit, un silence qui sembla mortel au baron. Le Lourdel, après en avoir demandé la permission, s'était remis à écrire. L'heure du courrier approchait. Le client entendait le grincement de la plume sur le papier. L'impassibilité de Le Lourdel l'épouvantait. Il ne pouvait pas croire qu'il avait à ses côtés un homme qui avait perdu deux millions en quelques heures. Le banquier avait donc bien grand espoir de les rattraper pour demeurer aussi tranquille? Grand-villiers ne se sentait pas les mêmes ressources. Sa ruine serait définitive. Il ne lui restait pas de projectiles, à lui, pour essayer de prendre sa revanche, comme le disait Le Lourdel.

— Ainsi vous croyez, balbutia-t-il, pour rompre le silence, ce silence froid qui l'obsédait, qu'il n'y a plus d'espoir?

Le banquier se retourna, la plume en l'air.

— Pas l'ombre, dit-il nettement.

— Que faire?... murmura le baron.

— Rien... attendre.

— Si on essayait cependant de se dégager... avec de la perte...

— Impossible! fit Le Lourdel de sa voix tranchante. A aucun prix on ne voudra de la valeur maintenant. C'est fini; l'ouvrage est toisé. Je connais mon marché. Vous pouvez aller à la Bourse crier vos titres pour rien. On ne les prendra pas... Vous offririez de l'argent avec qu'on n'en voudrait pas. On se méfierait.

— Que de ruines!... murmura le gentil-homme.

— Ah! oui, c'est du joli, dit le banquier.

La porte du cabinet s'était ouverte.

Madeline tendit à Le Lourdel un papier long couvert de chiffres, dont la vue fit passer un frisson dans le dos du baron.

Le Lourdel y jeta les yeux; puis, sans sourciller, de l'air indifférent dont il aurait annoncé à son client la nouvelle la plus insignifiante :

— Monsieur le baron perd à l'heure actuelle sept cent cinquante sept mille trois cent trente-trois francs trente-trois centimes.

Les yeux du baron s'écarquillèrent démesurément. Sa bouche s'ouvrit, mais aucun son n'en sortit.

Le banquier lui passa le terrible compte. Il le prit, il ne vit rien... Des pointes de feu dansaient devant ses yeux. Il lui semblait que le sol s'effondrait. Le Lourdel l'examinait avec curiosité, un sourire sardonique plissant ses lèvres.

Madeline, qui n'avait jamais deux francs pour dîner, ne paraissait pas touché le moins du monde par cette perte. Il restait immobile près des deux hommes, avec son visage pâle et placide.

Le baron s'était levé.

— Sept cent cinquante... bégaya-t-il .. je

suis perdu !... C'est tout ce que je possède !...
C'est-à-dire que s'il fallait vendre demain !...

— Et ça ne s'arrêtera pas là, dit froidement
Le Lourdel... La valeur baissera encore...

—C'est la ruine et la mort, s'écria le père de
Jeanne d'un ton lugubre...

Puis, sans penser seulement à saluer le
banquier, il sortit brusquement du cabinet,
chancelant, avec des chiffres fantastiques devant les yeux...

— Il paraît touché, ce pauvre baron, dit le
secrétaire d'un air goguenard.

—Touché à mort, il l'a dit, répliqua Le Lourdel
avec un gros rire. Je le tiens bien maintenant,
ce cher baron. Il avait fait des grimaces à mes
premières avances. Demain, il sera le premier
à m'offrir la main de sa fille, si je veux. Je vais
entrer dans la noblesse, Madeline, ajouta le
banquier, très joyeux. Qui aurait dit ça ? Moi,
un fils de laboureur ! C'est le rustre qui prend
sa revanche. C'est la chaumière qui grimpe sur
le château. Drôle d'époque, hein, Madeline! Le
monde semble pris d'une danse de Saint-Guy.
Il n'y a plus partout que des soubresauts et
des culbutes.

— Il me semble, dit le secrétaire, que
vous payez assez cher l'honneur de devenir

le gendre de M. le baron de Grandvilliers.

— Comment cela? demanda le banquier.

— Si vous acquittez la note? et Madeline indiqua du regard le papier long qui avait fait un si grand effet sur M. de Grandvilliers.

Le Lourdel eut un ricanement sonore qui remplit toute la pièce.

— Imbécile! dit-il... C'est moi qui ai joué contre lui!... Ah! tu peux te flatter d'avoir manqué ta vocation, mon pauvre Madeline, ajouta-t-il, en riant encore plus fort devant le regard plein de surprise de son secrétaire... Tu étais né pour occuper un beau grade dans le régiment des jobards!

— En effet, je n'aurais pas songé à cela, murmura modestement l'Émincé... c'est très fort!...

Les éclats de rire du banquier étaient devenus tellement violents qu'il secouait son fauteuil et que cette trépidation gagnait le parquet. Madeline était émerveillé... Il contemplait son patron d'un air béat... Il l'admirait...

Pendant les jours qui suivirent, comme l'avait pronostiqué Le Lourdel, « La Fusion » eut encore quelques sursauts qui témoignaient de sa vitalité, puis elle s'affaissa tout à fait et le beurre cessa de chanter. C'était la fin. Le pois-

son était frit. Il n'y avait plus qu'à s'en partager
les morceaux. C'est ce que firent les gros banquiers, qui prirent la chair pour eux et laissèrent
les arêtes au public. Chacun put alors compter
ses pertes. La Bourse ressemblait à un champ
de bataille. Des régiments de titres entiers cou-
vraient le sol, les uns en uniforme bleu comme
les hussards, les autres teintés de vert à la façon des anciens lanciers. Il y avait de la grosse
cavalerie, de la cavalerie légère, de l'infanterie
et même de la garde, couchés pêle-mêle, ina-
nimés.

Pendant cette huitaine sinistre, le baron de
Grandvilliers eut une existence terrible. Cette
somme de sept cent mille francs engloutis restait fixée devant ses yeux comme une obsession,
et pourtant ce n'était plus sept cent mille francs
qu'il devait perdre maintenant. C'était un million au moins, peut-être plus d'un million. Il n'en
savait rien. Il se sentait incapable de calculer. Sa
tête était vide. Un million ! Mais toute sa fortune,
tous ses champs, tous ses titres de rente hypothé-
qués, vendus, réalisés, ne produiraient pas cette
somme fantastique pour lui !... Il resterait insolvable ! Les terreurs qui avaient empoisonné
les dernières années de la vie de son père, et
dont il avait été témoin, s'abattaient sur lui à

son tour ; mais il lui semblait qu'elles étaient
doublées, triplées, quadruplées. Comment cela
s'était-il fait ? Comment avait-il pu jouer tout
ce qu'il avait ?... C'était donc cela, la spéculation ? Il croyait risquer une cinquantaine de
mille francs, mais il avait été pris dans un en-
grenage, et tout y avait passé. Il ne lui restait
plus rien, rien !...

Ces quelques lettres sinistres faisaient comme
un grand trou dans son cerveau. Il avait exposé la fortune de sa fille et il l'avait perdue.
Qu'allait devenir Mˡˡᵉ de Grandvilliers, sans dot,
sans pain même ? Qui voudrait l'épouser ?
Achille était ruiné de son côté. Il ne pouvait
pas prendre une femme sans fortune. Du reste,
il l'avait refusée presque brutalement à son ami,
parce qu'il se sentait riche et que Montbrison n'a-
vait plus rien. Il était maintenant au niveau de
Montbrison, obligé de mettre son nom à l'encan
et de l'offrir à une Société quelconque pour
vivre. Et encore en voudrait-on, de son nom ?
Avait-il même une valeur ? Il n'était pas connu,
illustre, comme celui de Montbrison... Il avait
roulé déjà dans les affaires... On l'avait vu,
quand il était porté par son père, enveloppé
dans ces nuages sinistres qui précèdent les ca-
taclysmes. Que valait le nom de Grandvilliers

pour un Conseil d'administration ? A l'encan le nom de Grandvilliers ! Personne ne disait rien, personne ne soufflait mot ! Personne n'en voulait. Repoussé de partout. Qui prendrait avec soi un homme assez sot, assez stupide, assez malhonnête, — il pouvait dire le mot, — pour avoir joué et perdu sa fortune et celle de son enfant?...

Le malheureux se sentait devenir fou. Ses cheveux avaient blanchi. Il avait des tressaillements qui agitaient tous ses membres comme une fièvre. Il se faisait les idées les plus bizarres. Il était terrifié, anéanti. Il n'osait pas sortir : il ne voulait voir personne. La présence de sa fille le jetait dans des frayeurs enfantines. Jeanne s'était, à plusieurs reprises, inquiétée de son état. Il avait toujours répondu d'une façon évasive, évitant ses regards et la fuyant. Ce n'était plus un homme, c'était une sorte de fantôme d'homme, sans volonté, sans énergie, sans force. Il ressemblait à ces bonshommes en baudruche qu'un accident a dégonflés. Il n'y avait plus rien. Il ne se tenait plus ; cette ruine imprévue l'avait frappé en plein cœur. Pauvre! Mourir pauvre!... le baron de Grandvilliers!... Lui, qui aimait tant l'argent, qui était si fier d'en posséder, qui comptait pour si peu de chose ceux qui

n'avaient rien! Le voilà ruiné à son tour! Il
allait voir se disperser tout ce qu'il possédait.
Cela irait à ses envieux, à ses voisins ; comme
ils allaient rire, le narguer, eux qu'il avait mé-
prisés jadis, qu'il avait dédaignés du haut des
sacs d'écus sur lesquels il se dressait! Comme
Montbrison pourrait se gausser de lui! Car
c'était risible pour les autres ce qui lui arrivait
là. Il n'était pas à plaindre. Sa chute ne méri-
tait aucune pitié. Elle n'avait aucune excuse.
Pourquoi avait-il joué? Pour entasser, entasser toujours, et au lieu d'entasser...

Toutes ces pensées confuses, heurtées, se
pressaient dans son cerveau malade. Il avait
des moments d'hallucination où il ne pouvait
entendre un bruit dans la rue sans pâlir, sans
sentir ses cheveux se dresser sur son front avec
une froideur glacée à la racine. Il croyait qu'on
venait l'insulter, se moquer de lui, le traîner
dehors pour le montrer à tous, l'arracher de
cet appartement où il était, de cette maison
qu'il croyait être encore à lui, et lui dire : « Ceci
n'est plus à toi! Tu l'as joué!... Sors d'ici! Em-
mène ta fille! » Et dans une vision terrible, il
se voyait sans domicile, s'en allant avec sa
fille, avec Mlle de Grandvilliers, à travers les
rues. On leur avait enlevé tous leurs bijoux,

tout ce qui avait du prix dans leur garde-robe.
Il ne leur restait que les vêtements à demi usés
qu'ils portaient sur eux et qu'on leur avait lais-
sés par charité. Il faisait froid. Il pleuvait. Il
y avait dans les rues désertes de sinistres coins,
noirs comme des taches d'encre, dans lesquels
des vagabonds étaient sans doute tapis. Ces
vagabonds se dressaient tout à coup devant
lui, lui arrachaient son enfant des mains, les
séparaient violemment, et comme il voulait la
défendre, on l'éloignait à coups de pied. Et il
ne pouvait rien ! Il voulait crier; ses cris ne
s'entendaient pas. Il se plaignait aux agents,
les agents l'envoyaient promener... N'était-il
pas devenu vagabond lui-même? On n'avait pas
plus de commisération pour lui qu'il n'en avait
eu autrefois pour les vagabonds...

L'imagination exaltée du baron de Grandvilliers se forgeait toutes ces chimères pendant les
heures horribles où il restait enfermé et seul,
songeant à sa ruine. Le malheureux n'avait pas
osé retourner rue Sainte-Anne. Le regard
gouailleur de Le Lourdel lui faisait trop de
mal. Puis il redoutait la vérité tout entière. Il
cherchait à reculer autant que possible l'heure
fatale qui verrait s'en aller tout son espoir,
l'heure fatale où il n'y aurait plus qu'à s'exécu-

ter et à mettre sa fortune sur le billot. Il y avait des moments où il se comparait au condamné à mort. Il en subissait du reste toutes les angoisses. Cependant le jour de la liquidation approchait. Le quinze au matin, il reçut un petit mot de Le Lourdel. Le banquier le saluait et le priait de venir le voir à dix heures, pour s'entendre au sujet du règlement. C'était le coup de couperet. Le baron avait senti le froid de l'acier. Il se dirigea à pied, vacillant à travers les rues comme un homme ivre, vers cette maison sale de la rue Sainte-Anne, dont il avait monté si allègrement, les jours de gain, l'escalier obscur. Comme il en descendait joyeux jadis, avec des rouleaux d'or qu'il tâtait et qui crevaient ses poches, le portefeuille épais visible à travers son habit, tant il était gonflé ! La maison triste lui semblait alors toute rayonnante. La rue sombre, aux maisons enfumées, était pleine de soleil.

Il ne connaîtrait plus ces heures d'ivresse. Il ne ressentirait plus cette volupté âcre de l'avare qui sent sous sa main un trésor imprévu, presque tombé du ciel. Il devait dire adieu à tout cela, aux rouleaux déchirés d'où s'échappaient les louis neufs, brillants comme des morceaux d'aurore. Maintenant tout était sinistre. Une

humidité visqueuse qu'il n'avait jamais aperçue suintait sur les murailles. Il y avait dans
l'escalier mal éclairé comme une obscurité et
une fadeur de tombe. C'était lugubre. Il montait
lentement, comme à l'échafaud, ses pieds pouvant à peine le porter, le cœur glacé, et sa voix
s'étrangla dans sa gorge quand il voulut demander M. Le Lourdel.

— C'est M. Le Lourdel que vous voulez voir?
dit le garçon brutalement.

Il fit de la tête un signe affirmatif.

— Votre nom?...

Il cherchait machinalement sa carte, quand un
employé passa sa tête à travers un des guichets.

— C'est inutile, dit-il, M. Le Lourdel attend
monsieur. Monsieur peut entrer.

Le baron eut un long frisson, comme si on
avait annoncé au condamné à mort que le bour-
reau était là.

Le garçon s'était précipité pour ouvrir la
porte et le baron l'avait suivi automatiquement,
ne voyant rien, plus mort que vif, avec un
bourdonnement continu dans les oreilles qui
l'étourdissait et lui enlevait la perception nette
des choses.

Le Lourdel était à son bureau. Il avait sur
la tête une calotte de velours. Il faisait froid

dans la pièce. A la vue du gentilhomme, dont la
figure cadavérique exprimait toutes les tortures
morales, il eut comme un mouvement de satis-
faction, le mouvement du fauve qui vient de
poser sa griffe sur sa proie. Il ne se leva pas ; il
n'ôta pas sa calotte. Il n'avait plus à se gêner.
Il était le maître. Il sentait sa patte charnue
aux ongles aigus entrant dans les chairs pante-
lantes de sa victime. C'est à peine s'il fit un
mouvement de tête.

— Asseyez-vous, dit-il brusquement en in-
diquant un siège de la main.

Le baron s'y laissa choir.

— Je viens de me faire apporter votre bor-
dereau, fit le banquier sans préambule. Il s'élève
à la somme de douze cent mille francs onze
centimes.

— Qu'il faut payer, bégaya le baron... aujour-
d'hui même ?

— Qui devaient être payés avant midi et qui
sont payés, dit Le Lourdel, sans montrer la
moindre émotion.

Le baron fit un soubresaut tragique.

— Qui sont payés ? balbutia-t-il.

— Oui, j'ai réglé, reprit le banquier, toujours
impassible... Je pensais bien que vous n'auriez
pas ça en jolie monnaie sur vous... Il faut le

temps de réaliser... Et j'avais mon crédit à sauvegarder. C'est à moi que vous devez, voilà tout...

— Mais, fit le baron, je ne pourrai jamais vous payer... Je ne possède pas cette somme... même en vendant toutes mes propriétés.

Le Lourdel haussa les épaules.

— Que cela ne vous inquiète pas. J'ai le temps d'attendre... J'ai trouvé l'occasion de vous tirer du pied une rude épine.

— En effet, dit le baron.

— J'en suis heureux, poursuivit le banquier. Je sais que vous êtes un honnête homme, et j'ai eu du plaisir à sortir votre nom intact de cette aventure. Vous êtes hors de cause. Tout est réglé. Vous n'avez affaire qu'à moi, et personne, autre que moi, n'a le droit de dire que vous lui devez un centime.

Le baron se sentait comme renaître. Il lui semblait que des bouffées d'air arrivaient à ses poumons, étranglés jusque-là par la plus horrible des anxiétés. La générosité simple, sans phrases, de Le Lourdel l'écrasait. Il ne connaissait pas encore le banquier. Il ne l'aurait pas cru capable d'un pareil élan. Il restait hébété, sans voix.

— Comment pourrai-je m'acquitter jamais? bégaya-t-il.

8.

— C'est facile, répliqua Le Lourdel... Vous
avez une fille... Je veux me marier. Je veux me
reposer... quitter la banque et vivre en rentier
dans mes terres, à chasser comme les gentilshommes. Cette secousse brutale du marché m'a
démonté. Je vous avais dit que j'avais trois
millions de côté et deux autres millions réali-
sables et que je destinais à me servir de balles
pour la bataille prochaine. Mais je renonce à la
lutte... C'est donc cinq millions que je possède,
en bon argent, sans compter celui que vous me
devez... Moi, je ne dois rien. J'ai tout réglé !
mes cinq millions sont liquides. Vous voyez
donc que votre fille ne manquera de rien avec
moi... Si vous consentez, c'est tout de suite qu'il
faut que le mariage se fasse... Je reconnaîtrai
à mademoiselle de Grandvilliers le million en
suspens et nous serons quittes vis-à-vis l'un
de l'autre. Sinon, rien de changé, vous demeu-
rez mon débiteur et je reste votre créancier...

Devant un mouvement fait par le baron,
mouvement assez semblable à celui du pendu
qui sent le chanvre lui serrer le cou, il ajouta :

— Mais je vous donnerai du temps, soyez
tranquille !

Ce n'était pas du temps qu'il fallait au
malheureux. Même avec du temps il n'arri-

verait pas à se liquider, en sacrifiant tout.

— Je parlerai à ma fille aujourd'hui même, dit-il.

Il paraissait heureux de cette solution, heureux de penser qu'au moins sa fille ne serait pas dans la misère.

— Est-ce que Mlle de Grandvilliers n'a pas été courtisée, fit négligemment le banquier, par un jeune homme dont le père a mangé sottement sa fortune dans les boudoirs et dans les cercles?

— Le vicomte Achille de Montbrison? dit le baron. On vous a raconté cela? J'ai refusé tout dernièrement ma fille au père, qui était venu me demander sa main pour son fils.

— Vous avez bien fait, répondit le banquier. Le comte de Montbrison me paraît engagé dans un tas d'affaires dont plus d'une finira mal. Il pourrait bien y laisser sa liberté et quelque chose de plus...

— Que me dites-vous là? fit le baron avec un mouvement d'effroi.

— La vérité...

— Je savais qu'il était entré comme administrateur au *Crédit de Navarre*.

— Il ne s'en est pas tenu là, malheureusement. L'appétit vient en mangeant. Il a trouvé

comme les autres qu'on gagnait facilement de
l'argent dans les conseils d'administration; ça
allait à merveille avec cette hausse. On aurait
changé du papier à chandelles contre des billets
de banque. On pouvait tout lancer, tout propo-
ser au public. Il gobait tout. Le comte a pro-
fité gloutonnement de cette bonne aubaine, la
fièvre l'a gagné, la maladie l'a pris comme les
autres, et j'ai vu dernièrement son nom dans
une nouvelle Société que l'on vient de lancer et
sur laquelle planent les mandats d'amener, surtout si elle était engagée, comme je le crois,
dans ces dernières affaires. Aujourd'hui l'heure
de l'échéance sonne. Il faut payer tout cela.
C'est dur. Heureux ceux qui ne laisseront dans
la bagarre que leur argent. Je ne suis qu'un
banquier, un homme du peuple. Mon père était
laboureur. Mais ça me peine de voir de grands
noms finir ainsi. C'était l'honneur et la gloire
du pays. Ils résonnaient autrefois sur les champs
de bataille. C'est dans les couloirs de Mazas
qu'on les entend aujourd'hui !

— Il faudrait prévenir Montbrison, s'écria le
baron, épouvanté.

— S'il est votre ami, prévenez-le, répliqua
le banquier, mais je crains bien que ce ne soit
trop tard !...

Le baron quitta la rue Sainte-Anne avec de nouvelles épouvantes planant sur lui. Montbrison arrêté maintenant! Quels désastres! C'était donc la fin de tout?... Puis il pensa à sa fille. Le bruit de son mariage avec le fils du comte de Montbrison avait couru. Il fallait couper court à ces bruits au plus vite, et le moyen le plus sûr, le plus efficace, c'était d'annoncer le mariage de Jeanne avec un autre. Dans son malheur, il avait eu une chance inespérée. La demande de Le Lourdel, c'était le salut, son salut à lui et le salut de sa fille!

Cependant une crainte lui restait. Comment Jeanne allait-elle accueillir cette ouverture?... Si elle aimait Achille et si elle se mettait en tête de refuser l'offre de Le Lourdel? Oh! il faudrait bien qu'elle acceptât. Achille devenait impossible à marier si son père était déshonoré, et lui, il était perdu. Elle comprendrait; elle était raisonnable et elle ne voudrait pas la ruine de son père...

Le gentilhomme essayait de se consoler ainsi et de se donner du courage. Néanmoins il était fort ému, quand il rentra chez lui, en pensant à l'entrevue qu'il allait avoir avec sa fille et à l'assaut qu'il devrait sans doute soutenir contre elle.

Jeanne était dans son appartement. Elle ne

fut pas peu surprise de voir son père pénétrer
chez elle à l'improviste, sans s'être fait annoncer,
et elle fut frappée de sa pâleur et de l'altération
de ses traits.

Le baron restait devant elle, sans voix, n'o-
sant aborder le terrible entretien.

— Que se passe-t-il donc, mon père? balbutia la jeune fille... vous m'épouvantez!...

Alors le malheureux, encore sous le coup de la
terrible peur qu'il avait eue, avec des sanglots
dans la voix, le corps secoué par des sursauts
nerveux, lui raconta tout, sa ruine, les journées
et les nuits terribles qu'il avait passées dans la
crainte de se voir jeté sur le pavé, de mourir
déshonoré, insolvable...

Et tout en parlant, des larmes sortaient à
flots de ses yeux, maintenant qu'il pouvait pleurer sans honte, dans les bras de sa fille. Cela le
soulageait; son cœur gonflé se vidait.

Jeanne l'avait écouté en silence, un peu surprise de cette douleur bruyante, ne comprenant
pas que la simple perte d'une fortune pût causer à un homme un tel chagrin.

Elle s'était jetée dans les bras de son père.
Elle le consolait le mieux qu'elle pouvait, lui
assurant que ce n'était pas si terrible ce qui
lui arrivait là. Ils n'avaient pas besoin d'être

riches. Il y avait tant de gens qui vivaient sans cela, qui trouvaient la vie bonne et qui étaient heureux !

— C'est surtout ton sort, ma pauvre fille, continua le baron, qui m'affligeait... Qu'allais-tu devenir sans dot ? Qui voudrait de toi ? Aujourd'hui on ne cherche plus que l'argent.

Jeanne se redressa ; une grande confiance brillait dans ses yeux.

— J'ai donné ma foi à Achille, il m'a donné la sienne. Il ne demandera jamais combien je possède pour m'épouser.

— Achille ? s'écria le baron, sans se rendre compte du coup terrible qu'il allait porter à son enfant, Achille peut-il se marier lui-même ?... Il est ruiné comme toi... Il est incapable de gagner sa vie et il commettrait une lâcheté en te berçant de chimères irréalisables...

Mademoiselle de Grandvilliers avait pâli. Un voile s'était répandu sur ses beaux yeux.

Elle chancela.

— Je n'aurai pourtant pas d'autre mari, murmura-t-elle... Je l'aime !

Elle s'affaissa, livide. Son père n'eut que le temps de la retenir dans ses bras.

— Jeanne ! cria-t-il, ma fille, je t'ai fait bien du mal !

— Oui... murmura Mlle de Grandvilliers, incapable de prononcer un autre mot.

— Il le fallait, mon enfant, poursuivit le baron. Ton mariage avec le vicomte de Montbrison est devenu impossible. Son père s'est engagé dans de mauvaises spéculations, après sa ruine. Il fallait bien vivre... Il est peut-être arrêté à l'heure qu'il est.

— Arrêté, M. de Montbrison!... cria Jeanne, épouvantée.

— Oui, ma fille.

— Et Achille?

— Achille ne sait rien.

Elle se cacha la figure dans ses mains en sanglotant.

— Le malheureux! balbutia-t-elle.

— Le nom des Montbrison, reprit le père, est maintenant un nom perdu, déshonoré... Un si beau nom! Ce n'est que ruines et que malheurs partout autour de nous.

— Achille, qui est si fier de son nom, qui a le cœur si grand et si haut!... Il en mourra!... dit Mlle de Grandvilliers.

— Achille restera au régiment. Il n'a plus que cela à faire. Il lavera son blason dans le sang ennemi, un jour de victoire, et il redeviendra net... Mais, en attendant, tu ne peux plus devenir la vicomtesse de Montbrison.

— Alors, mon père, dit Jeanne, j'attendrai Achille. J'attendrai que son nom soit redevenu noble et glorieux... digne de moi... qu'il ait expié une faute qu'il n'a pas commise... Et je n'aurai pas à attendre longtemps, car je connais son grand courage et sa grande âme.

Il y eut un moment de silence pénible... Le baron n'osait pas aller plus loin.

— Vous ne dites rien, mon père, fit la jeune fille, toute tremblante... Est-ce que vous vous opposeriez même à ce projet?...

— Ce projet n'est qu'un rêve, ma fille, malheureusement, et la vie ne se compose pas de rêves. A supposer qu'Achille réussisse... qui sait combien d'années il te faudrait attendre? La vieillesse aura eu le temps de m'emporter dix fois... et je ne puis pas te laisser seule...

Jeanne avait frémi...

— Que voulez-vous donc, mon père? Parlez-moi sans détour!... Je tremble de comprendre. Vous désirez que je me marie?

— Il le faut, murmura le baron, qui se trouvait aussi embarrassé et aussi gêné que s'il avait eu les pieds sur une tôle rougie...

— Avec un autre qu'Achille? reprit Jeanne.

9

— Avec un autre...

La jeune fille releva la tête. Un éclair jaillit de ses yeux.

— Jamais, mon père, cria-t-elle, jamais !...

Quelques minutes de silence pénible avaient suivi l'explosion de Jeanne.

Le baron courbait la tête, pâle de honte.

— Nous sommes tous les deux, Achille et moi, reprit fièrement la jeune fille, au-dessus de toutes les catastrophes d'argent et de toutes les ruines... Nous ne demandons rien à personne et nous n'avons besoin de rien. Notre amour est de ceux qui ne s'empêtrent pas dans les questions d'intérêt. Il est grand, fort et haut. Il n'est pas de ces sentiments mesquins et vulgaires que des toiles d'araignée arrêtent. J'aimais Achille ruiné... Il m'aimera ruinée...

— Tu ne peux pourtant pas, dit le baron d'une voix étranglée... porter un nom déshonoré !...

— Je puis, du moins, aimer celui qui le porte, quand celui qui le porte est innocent...

— Tu deviendrais sa maîtresse, peut-être ? s'écria le baron, que la rage aveuglait, en se voyant arracher la perche que Le Lourdel lui avait opportunément tendue, et en pensant à son cher argent qui s'en allait avec lui dans le gouffre, et cette fois pour toujours.

— J'ignore ce que ce mot veut dire, fit Jeanne avec un accent de dignité qui fit rougir son père, mais si c'est être la maîtresse d'un homme que de penser à lui et de ne vivre que pour lui... il y a longtemps que je suis la maîtresse du vicomte de Montbrison.

Le gentilhomme était hors de lui... sa bouche s'ouvrait sans parler. Tout son corps trépidait.

— Nous nous égarons, ma fille, fit-il, en s'efforçant de dominer son agitation. Je vois que j'ai mal posé la question. Nous n'avons plus qu'un moyen aujourd'hui d'échapper à la ruine et au déshonneur, toi et moi. C'est d'épouser l'homme à qui j'ai promis ta main ; et si tu ne veux pas la mort de ton père...

— C'est moi que vous livrez pour payer votre dette, murmura Jeanne avec un accent d'amertume indéfinissable.

— Il s'agit, poursuivit le baron, imperturbable, de tâter ton cœur et de voir si tu aimes mieux ton père, l'homme de qui tu tiens la vie, qu'un jeune homme qui t'oubliera peut-être demain.

— En un mot, vous venez me demander de sacrifier mon amour, mon bonheur, toute ma vie, pour vous aider à sauver votre fortune que vous avez compromise.

Le baron fit un mouvement.

— Perdue! Tu peux dire perdue! Si elle n'était que compromise!... Mais ce n'est pas notre fortune seulement!... c'est notre maison... notre nom... c'est toi! C'est ton avenir que tu sauves!...

— Assez! mon père..., dit Jeanne. J'ai bien compris... C'est un acte de dévouement et d'obéissance que vous me demandez?

— Ma fille!... murmura le baron, que l'inquiétude dévorait.

— Je me dévouerai!... fit Jeanne simplement.

Le vieillard faillit pousser un cri de joie.

— C'est un homme généreux que tu auras pour époux... et riche, dit-il, et il voulut presser Jeanne sur son cœur.

La jeune fille l'arrêta d'un geste souverain.

— Plus un mot. Je ne veux même pas savoir son nom, car je ne l'aimerai jamais!...

Elle s'éloigna, laissant le baron interdit.

— Bah! murmura-t-il, le premier moment de stupeur passé, dans un an d'ici, elle me remerciera quand elle saura ce que c'est que d'avoir de la toilette et une voiture... Elle est trop jeune encore pour apprécier cela. A cet âge, on a des cervelles d'oiseau. La tête est farcie de romances. Plus tard, quand les rues sont boueuses, et qu'il faut sortir, on préfère un coupé à une chanson.

Il quitta l'appartement de sa fille, presque satisfait, et alla annoncer à Le Lourdel la bonne nouvelle.

Le banquier était pressé, comme il l'avait dit, de conclure le mariage. Le père n'avait pas moins de hâte, car il craignait toujours que sa fille ne revînt sur sa décision. On arrêta que la signature du contrat aurait lieu dans quinze jours, en grande pompe, à l'hôtel Grandvilliers.

Jeanne ne sortait pas de son appartement. Toutes ses heures étaient pleines de la pensée d'Achille. Elle songeait à ce qu'il allait souffrir quand s'abattraient coup sur coup sur sa tête les malheurs qui le menaçaient. Elle trouvait la vie odieuse et appelait la mort à grands cris. Il n'y avait plus pour elle ici-bas que douleurs et chagrins. Quand Le Lourdel se présentait à l'hôtel, elle descendait au salon indifférente et froide comme une statue. Elle n'avait pas encore vu la figure de son fiancé, et elle semblait étrangère à tout ce qui se passait autour d'elle, tellement elle était isolée de tout par sa tristesse.

Le Lourdel ne se formalisait pas de cette attitude glaciale. Il espérait que cela passerait après le mariage. Il fallait bien le temps d'oublier Achille !

C'est sur ces entrefaites qu'Annette, qui, à

la tristesse de sa maîtresse et à l'introduction dans l'hôtel d'un homme qu'elle n'y avait jamais vu, avait deviné ce qui se passait, écrivit à Achille, sans en prévenir Jeanne, le mot que nous connaissons.

Le pauvre garçon arrivait à Paris le soir même où devait se signer le contrat de mariage entre Jeanne de Grandvilliers et M. Le Lourdel.

VII

Il était environ six heures et demie quand Achille arriva rue de Varennes. Une horrible angoisse le poigna à la vue de l'hôtel, dont toutes les fenêtres étaient éclairées comme pour une solennité. Le grand portail était ouvert à deux battants. On apercevait du dehors la marquise illuminée : les marches étaient couvertes de tapis et ornées de plantes vertes de chaque côté. Des sons de musique assourdis par l'éloignement arrivaient jusqu'au jeune homme. Deux files de voitures s'alignaient à droite et à gauche de l'hôtel, et de temps à autre un élégant coupé entrait dans la cour, décrivait une courbe élégante sur le sable jaune et s'arrêtait devant le perron. Un invité en descendait et Achille s'imaginait entendre son nom résonner à travers les salons en fête. Il enviait ces indifférents. Ils allaient la voir ! Le vicomte avait sur le dos ses habits de soldat, encore boueux de l'exercice du matin. Il ne pouvait pas se présenter ainsi

vêtu à travers les habits noirs et les cravates
blanches. Son nom ne produirait-il pas, du
reste, dans ce monde qui l'avait sans doute déjà
oublié, l'effet d'une bombe tombant au milieu
d'une ville en paix? Cette réception avait été
donnée probablement en l'honneur de son rival.
C'était lui le roi de la fête. C'est à lui qu'allaient
toutes les protestations et tous les sourires de
ces gens qu'il connaissait pour la plupart, dont
il était l'ami, qui savaient son amour pour
Jeanne, et qui accouraient néanmoins saluer le
nouveau venu des mêmes compliments dont
ils l'auraient assailli lui-même, sans penser
à la douleur affreuse qui le torturait. Ainsi va
le monde! Il n'y avait sûrement pas pour lui
dans cette foule qui se tournait vers le succès,
comme les fleurs vers le soleil, une pensée de
commisération et de pitié. Si son souvenir était
rappelé, ce serait pour quelque allusion mé-
chante, pour rire de sa déconvenue.

Achille avait renvoyé son fiacre. Il resta
longtemps dans la rue, immobile, sous la pluie
fine et perçante qui tombait, heurté par les
domestiques, très intrigués de voir là ce soldat,
les yeux fixés sur les fenêtres éclairées dont la
lumière l'aveuglait. Il ne connaissait pas celui
qui lui avait été préféré, mais sa haine le lui

représentait tel qu'il était, épais et lourd, avec
un rire suffisant et gouailleur. Et Jeanne? Le
jeune homme n'avait pas osé penser à Jeanne.
Il la voyait radieuse dans la lumière, avec sa
taille de déesse, son nimbe de cheveux d'or,
obligée de sourire à tous, de faire bonne contenance, de paraître aimable avec un homme qui
lui était sans doute odieux. Achille ne doutait
pas de Jeanne; en effet, Jeanne n'avait pas
cessé de l'aimer. Si leur bonheur était menacé,
c'était pour une cause au-dessus de sa volonté.
Il oublia ses propres tortures en pensant à celles
qui devaient la déchirer elle-même au sein de
toute cette apparence de joie. Qu'était-ce que
sa souffrance, en effet, comparée à la sienne?
Il pouvait encore, lui, se labourer la poitrine,
aller et venir, le front fouetté par la bise glacée;
il n'avait pas besoin de se contraindre. Sa
douleur s'épanchait au dehors et cela le soulageait, tandis qu'elle était obligée, elle, de paraître joyeuse, de sourire et de renfermer en
elle-même ses sanglots.

Oh! les jours de joie où il arrivait dans cet
hôtel, tout conquérant et tout fier, sûr de son
amour partagé et de son bonheur prochain, qu'ils
étaient loin déjà! Et pourtant ils avaient si peu
vécu! A son entrée le timbre sonnait joyeuse-

ment. Les portes semblaient s'ouvrir d'elles-
mêmes. Les domestiques se précipitaient em-
pressés. C'était monsieur le vicomte ! le futur
de mademoiselle, le maître de demain, peut-être ;
et avant de monter les marches, il jetait un
coup d'œil à la fenêtre du second étage. Les
dentelles de la fenêtre s'écartaient doucement, et une tête blonde, illuminée d'un divin
sourire, lui apparaissait dans un rayonnement
de bonheur. Comme cela était changé !

En même temps que cette idée lui était venue,
Achille avait levé les yeux. Il eut une terrible
émotion. Un des rideaux du salon s'était soulevé,
et Jeanne lui était apparue dans la lumière, pâle
comme une morte, appuyant son front brûlant
contre les vitres froides.

Il tendit les bras inconsciemment et poussa
un cri. La vision avait disparu.

Cet incident avait encore exalté la douleur
du jeune homme.

— Je saurai ce qui se passe, murmura-t-il.

Il entra résolument dans la cour lumineuse,
et la première personne qu'il aperçut ce fut
Annette ; il eut une exclamation de joie.

La vieille femme était éperdue de surprise.

— Vous, monsieur le vicomte, ici, aujour-
d'hui !... bégaya-t-elle.

— Je veux la voir, Annette, lui parler! balbutia Achille, sans savoir ce qu'il disait.

— Mais, c'est impossible ! s'écria la nourrice, hors d'elle. Si on vous voyait! Si on vous reconnaissait ici, ce soir! Il faut vous en aller, c'est plus sage.

— Que se passe-t-il donc ce soir? demanda le jeune homme, devenu livide d'angoisse.

— Comment, vous ne savez pas?

— Je ne sais rien... j'ai reçu votre lettre, je suis accouru. Il y a une heure que je suis à Paris...

— Cela ne m'étonne plus, murmura Annette.

— Mais, qu'y a-t-il ? reprit Achille. — Vous ne voyez donc pas que je meurs d'angoisse !...

— Le contrat se signe ce soir, dit la vieille femme.

Achille regarda Annette avec une expression de folie. Il ne comprenait pas.

— Le contrat?... bégaya-t-il.

— Le contrat de mariage, balbutia la servante... quand je vous ai écrit, il était trop tard déjà... mais je ne savais pas.

— Ainsi, tout est fini ?... murmura Achille, chancelant.

— Il est probable que c'est signé à l'heure qu'il est.

— Jeanne la femme d'un autre ! s'écria le jeune homme, mais que s'est-il donc passé ? — Quel événement terrible ?...

— Oh ! pour ça, ne m'interrogez pas là-dessus, M. le vicomte, je ne sais rien... de rien... On ne m'a rien dit. Voilà plus d'un mois que la maison est sens dessus dessous. Je n'y suis plus... Je m'y perds... le malheur semble planer sur nous... Ça été M. le baron, d'abord... Pendant quinze jours il est resté comme fou... on le voyait errer les nuits entières dans sa chambre. Son pas faisait crier les parquets ; on eût dit des âmes qui se plaignaient. On apercevait sa lumière briller dans les ténèbres de l'hôtel comme une douleur qui veille... les domestiques avaient peur. Quelques-uns ont prétendu qu'ils l'avaient entendu pousser de grands sanglots dans le silence. Moi, je n'ai appris tout cela que par les racontars que l'on m'a faits. Ce que j'ai vu de mes propres yeux, par exemple, et ce dont je puis vous parler en connaissance de cause, c'est la douleur de mademoiselle. La pauvre enfant fait peine à voir... Comme elle vous aimait, monsieur le vicomte !... Depuis quinze jours, elle pleure toutes les larmes de son corps.

— Mais pourquoi ce mariage subit, imprévu ? demanda Achille, accablé.

— Je ne sais pas; elle ne m'a rien dit...
C'est comme si M. le baron avait été changé
tout à coup, comme si on lui avait jeté un
mauvais sort. Depuis que cet homme a mis
les pieds ici, la douleur est entrée dans la maison.

— Cet homme? murmura Achille.

— Oui, le futur... Je ne puis jamais retenir
son nom... Et pourtant, on me l'a dit.

— N'est-ce pas Le Lourdel? demanda le
vicomte...

— Oui, c'est bien cela... Un homme très
riche, dit-on. Pour moi, monsieur le vicomte,
fit la vieille en confidence, il y a là-dessous une
question d'argent. M. le baron a toujours été
avare; mais quand on est riche déjà, si ça ne
fait pas trembler !... Comme s'il n'avait pas
assez d'or, M. le baron !... S'imagine-t-il qu'il
emportera tout cela avec lui ?

Achille n'écoutait plus. L'esprit perdu, il
regardait les fenêtres claires derrière lesquelles
des silhouettes de danseurs et de danseuses se
montraient de temps en temps.

Annette l'arracha à cette contemplation.

— Mais il faut vous retirer, monsieur le
vicomte, on pourrait vous remarquer.

— Me retirer? je veux la voir !

La vieille femme regarda Achille pour s'assurer qu'il n'était pas fou.

— La voir? balbutia-t-elle.

— Oui, la voir, répéta le jeune homme. Je ne m'en irai pas sans l'avoir vue... et je compte sur vous, Annette, pour me ménager cette entrevue.

La vieille jeta un cri d'effroi.

— Sur moi?... Monsieur le vicomte n'y pense pas?

— Je ne pense qu'à cela, au contraire, reprit Achille. Je vous en prie, ma bonne Annette, ne me refusez pas!... Et tout ce que je possède!...

La servante se récria encore.

— Vous me promettriez votre part de paradis, monsieur le vicomte, que je ne pourrais pas.

— Vous la préviendrez que je suis là, que je l'attends, et vous me cacherez quelque part; mais je ne veux pas partir sans l'avoir vue, sans avoir appris de sa bouche même les raisons qui l'ont obligée à ce mariage qui brise ma vie!... Je veux la voir, la voir, quand ce ne serait qu'une minute, une seconde, mais ne pas partir sans l'avoir vue!

Achille serrait le bras de la nourrice à le briser. Il y avait des larmes dans ses yeux, larmes de désespoir et de douleur impuissante.

Annette en eut pitié.

— Écoutez-moi, monsieur le vicomte, dit-elle. Je vais faire ce que je ne devrais pas. Je vais m'exposer peut-être aux colères de M. le baron, mais je ne puis pas vous voir si malheureux, vous et mademoiselle, sans en être touchée. Songez que mademoiselle est presque ma fille... C'est un peu de mon sang qui coule dans ses veines. Je l'ai nourrie, et elle ne l'a pas oublié, la chère enfant, car elle ne s'endort jamais sans me dire bonsoir. Mon sein est le seul sur lequel elle puisse pleurer. Elle viendra ce soir comme de coutume, plus sûrement même ce soir... car elle aura plus de larmes à répandre. Vous allez me suivre et monter dans ma chambre avec moi, et nous l'attendrons.

Achille prit les mains de la vieille femme. Il les embrassait.

— Annette! Annette! murmura-t-il, comment pourrai-je reconnaître jamais?... Oh! que vous êtes bonne!

— Pas d'imprudence! par exemple, s'écria la servante. Songez que je risque ma position!

— Soyez tranquille. Je serai raisonnable, dit le vicomte, qui ne se possédait plus, à l'idée qu'il allait voir Jeanne, lui parler, presser sa main. Ce bonheur imprévu était si grand qu'il lui faisait oublier pour un instant tout son chagrin.

Annette prit le jeune homme par les doigts et le guida à travers un dédale de couloirs et d'escaliers sombres. C'était l'entrée de service. Maintenant qu'il était dans l'hôtel, Achille entendait très distinctement les sons de la musique et le bruit des pas des invités qui ébranlaient le parquet. On dansait. Elle dansait avec lui, peut-être. Le pauvre garçon voyait en imagination les groupes passer devant lui, enlacés, un sourire sur les lèvres, bercés par une musique amoureuse. Il l'apercevait, telle qu'il l'avait vue, se glissant à travers les physionomies joyeuses, pâle et tragique comme une statue, la statue du Désespoir. Il n'oublierait jamais cette image douloureuse qu'il avait entrevue une minute à la fenêtre de ce salon, tout plein d'airs de danse et de fleurs...

Absorbé par ces pensées, le vicomte n'avançait pas. Annette était presque obligée de le traîner après elle... Ce mouvement cadencé, résonnant dans tout l'hôtel, lui crevait le cœur.

La vieille servante s'arrêta enfin. On était arrivé. Elle enflamma une allumette et introduisit Achille dans une petite chambre blanche et propre. Le vicomte, épuisé par tant d'émotions, se laissa tomber sur un fauteuil, dans l'ombre.

Une heure du matin venait de sonner. La

soirée touchait sans doute à sa fin, car on entendait un mouvement de voitures dans la cour, et la voix des domestiques appelant les cochers perçait le grand silence qui se faisait dans la petite chambre de la gouvernante.

Le vicomte s'était caché la tête dans les mains pour étouffer ses sanglots et se laisser aller à sa douloureuse rêverie, quand la porte s'ouvrit brusquement.

Jeanne, en robe claire, livide, se soutenant à peine, apparut sur le seuil.

Sans avoir aperçu Achille, elle se laissa tomber dans les bras d'Annette.

— Annette, murmura-t-elle, soutiens-moi, je me meurs !

La servante s'était précipitée.

Le vicomte n'avait pas eu la force de faire un mouvement.

— C'est fini, reprit la jeune fille avec un cri de douleur. C'est signé ! On vient d'enterrer mon bonheur en grande pompe : on a jeté des fleurs dessus comme on en jette sur une tombe.

Un sanglot déchira sa poitrine.

— Que je suis malheureuse ! et elle enfouit sa figure dans le sein de sa nourrice.

Achille, que l'émotion étranglait, s'était avancé doucement.

— Jeanne, murmura-t-il d'une voix faible comme un souffle...

La jeune fille se redressa aussitôt, les yeux grandis par l'épouvante comme devant une vision.

— Vous, Achille, ici!...

— Vous, murmura le jeune homme avec un accent d'amertume indéfinissable, tu ne me tutoies plus déjà!

— Pardonne-moi, mon ami, mais c'est si imprévu!... Comment?...

— C'est moi qui ai tout fait, s'empressa de dire Annette... C'est moi qui lui ai écrit. C'est moi qui l'ai fait venir! Je vous voyais si malheureuse, sans savoir pourquoi, que ça m'a fendu le cœur. J'ai voulu que vous puissiez au moins vous dire adieu. Si j'ai mal fait, pardonnez-moi!

La servante s'était jetée à genoux.

Jeanne la releva doucement.

— Adieu! murmura-t-elle; oui, c'est un éternel adieu que nous allons nous dire!

Puis, ayant vu faire un mouvement au vicomte, elle ajouta :

— Tu vas me maudire, Achille; tu vas me reprocher de n'avoir pas été assez forte!

Le jeune homme lui prit la main.

— Non, Jeanne, je ne te reproche rien!...
Je vois que ta douleur égale la mienne. Elle est
à la hauteur de ton amour et du mien.

Elle se pencha à son oreille.

—Il le fallait, vois-tu, fit-elle d'une voix doucement résignée... pour sauver mon père.

— Pour sauver ton père? demanda Achille,
surpris.

— Il était ruiné!...

—Le baron, ruiné! murmura le jeune homme,
au comble de la stupeur.

— Oui, il a été pris dans cette catastrophe
financière. Il en serait mort... J'ai dû me sacrifier!

— Je comprends tout, répliqua Achille. Je
savais bien que ton grand cœur n'avait obéi qu'à
un mobile noble. C'est sur notre tête que retombe
le poids de tous ces désastres!

Jeanne pensa alors à ce qu'on lui avait dit à
propos du comte de Montbrison. Elle tressaillit.
Achille avait-il appris? Elle n'osa pas l'interroger. Comme il devait souffrir s'il savait!...

Annette s'était éloignée discrètement. Elle se
rapprocha.

— Il faut vous séparer; quoi qu'il m'en coûte,
je dois vous le dire... M. le baron pourrait être
inquiet et venir jusqu'ici.

— Annette a raison, fit Jeanne. Il faut vous éloigner. Adieu, Achille !

Elle tendit la main au jeune homme.

Celui-ci s'en empara ; il la couvrit de baisers et de larmes.

—C'est fait de mon bonheur... murmura-t-il... Pour toujours !...

— Qui sait ?...

— Nous ne nous reverrons plus !... reprit le jeune homme, sans entendre cette parole d'espoir ; comme la vie va me sembler longue et vide sans toi !

La jeune fille avait dégagé sa main doucement. Elle s'éloigna, après avoir jeté au vicomte un regard dans lequel elle avait mis toute sa dou-leur et tout son amour...

Le jeune homme s'était jeté à genoux, les bras ouverts, tendus vers la porte par laquelle venait de disparaître tout ce qu'il y avait de beau et de bon pour lui sur la terre.

Annette tira Achille de cette sorte d'extase.

— Il faut sortir, monsieur le vicomte, et prendre des précautions... je ne voudrais pas qu'on vous vît, bien que les autres domestiques ne vous reconnaîtraient pas dans votre cos-tume.

Achille s'était relevé machinalement. Il

suivit Annette de même, en somnambule, sans en avoir conscience, se laissant conduire.

La servante le quitta sur le seuil de l'hôtel, après lui avoir recommandé de montrer du courage.

Il resta là longtemps, perdu dans ses réflexions cruelles, jusqu'à ce qu'il eût été tiré de son anéantissement par un choc violent. Il avait été heurté par un des invités qui sortait de l'hôtel...

— Faites donc attention, militaire! cria une voix rude, impertinente.

Achille se retourna vivement.

— Militaire? fit-il... Je suis le vicomte de Montbrison! Et je vous invite à me parler plus poliment.

L'homme eut un mouvement de violente surprise...

— Le vicomte de Montbrison?

— Oui, vous me connaissez?

— De nom seulement, répondit l'inconnu; et un sourd ricanement sortit de son gosier.

Achille devint livide de colère.

— Prenez garde,... je ne vous connais pas, moi, pas même de nom,... mais je pourrais bien vous apprendre qu'on ne rit pas impunément du vicomte de Montbrison.

— Oh ! oh ! tout doux, monsieur le vicomte... reprit l'homme d'un ton gouailleur... je comprends que vous ne soyez pas de bonne humeur ce soir.

Le jeune homme faillit sauter à la gorge de l'insolent.

— Qui vous dit que je ne suis pas de bonne humeur ?... De quoi vous mêlez-vous ?...

— De ce qui me regarde un peu, je suppose, fit l'individu, avec un gros rire.

Achille eut comme une lueur, il devint plus pâle encore, et regardant fixement l'homme :

— Qui êtes-vous donc ?

— Ah ! ah ! vous vous en doutez un peu ?... Eh bien ! vous avez deviné juste. C'est moi !... Je suis M. Le Lourdel...

Un cri s'étrangla dans la gorge d'Achille.

— Le Lourdel !... Le misérable qui m'a volé mon bonheur !...

Il avait fait un geste de menace et s'était rapproché du banquier.

Celui-ci l'écarta brutalement.

— Il est inutile de me souffleter, je ne me battrai pas avec vous...

— Parce que vous êtes un lâche ! riposta Achille d'une voix sifflante.

— Parce qu'on ne se bat plus avec le vicomte

de Montbrison, répliqua le banquier froidement.

Le jeune homme fit un bond terrible.

— Vous allez m'expliquer la parole que vous venez de prononcer ! cria-t-il d'une voix étranglée par la rage.

L'homme l'éloigna de nouveau de sa main rude.

— On ne se bat plus avec le vicomte de Montbrison, fit-il tranquillement, parce que le vicomte de Montbrison est le fils du comte de Montbrison, et que le comte de Monbrison a forfait à l'honneur.

— Mon père !... bégaya Achille, qui eut comme un éblouissement.

— Il est sans doute arrêté à l'heure qu'il est, reprit Le Lourdel, de sa voix toujours calme, et vous auriez mieux été près de lui qu'à courir les rues... C'est un conseil que je vous donne, jeune homme.

Achille n'entendit pas cette impertinence. Il était étourdi, aveuglé, comme un bœuf qui vient de recevoir un coup de massue mortel. Son père arrêté ! Et pourquoi ? Que voulait dire cet homme ? Ses cheveux s'étaient dressés sur sa tête. Il se cramponnait au mur pour ne pas tomber. Des tintements sinistres emplissaient son crâne.

Le banquier s'était éloigné en ricanant, sans
que le jeune homme eût essayé de faire un geste
pour le retenir. Achille le vit monter en voiture
et aperçut encore sous la lumière de la lanterne
sa face blafarde, éclairée de ce sourire sarcastique qui lui avait mis de la glace dans toutes
les moelles. Mais il ne pensait plus à Le Lourdel. Il songeait à son père, et il se lança à
toutes jambes à travers les rues obscures et
désertes...

VIII

L'aube blanchissait quand Achille arriva
chez lui. Une fenêtre était éclairée encore, celle
du cabinet de son père. Le jeune homme sentit
un coup au cœur. Le comte ne dormait pas. Il
fallait une raison grave pour qu'il eût ainsi pro-
longé sa veille. C'était donc vrai ce que lui avait
dit cet homme ? Jusque-là, il avait eu des dou-
tes. Sa stupeur cruelle passée, l'intelligence lui
était revenue. Il avait réfléchi. Pourquoi son
père serait-il arrêté ? Que pouvait-il avoir fait ?
Il le savait un peu prodigue, désordonné. On
eût pu lui annoncer qu'il était ruiné sans l'éton-
ner outre mesure ; mais malhonnête, il en
répondait ! Il était sûr de son père comme de
lui-même. Un Montbrison n'est pas malhonnête. Achille était presque rassuré, quand la
lueur pâle filtrant à travers les fentes des persiennes fit renaître toutes ses angoisses. Il se
passait évidemment chez lui quelque chose
d'anormal. C'était la première fois, depuis qu'il

10

avait conscience de lui-même, qu'il voyait de la lumière dans le cabinet de son père à pareille heure.

Le comte habitait un appartement situé au troisième étage de la rue Blanche. Il avait quitté le faubourg Saint-Germain depuis la mort de sa femme, depuis qu'il ne recevait plus. Il s'était rapproché de son cercle et du centre de ses plaisirs. Achille hésitait à entrer. Il restait devant la porte cochère, immobile, ses yeux ne pouvant se détacher de ces persiennes grises dont le jour naissant faisait pâlir les raies lumineuses. Oh ! qui lui apprendrait le secret caché dans cette pièce éclairée !... Irait-il frapper à la porte de son père ? A cette heure ?... Que lui dirait-il pour expliquer cette visite inattendue ? S'il s'apercevait que le misérable Le Lourdel lui avait menti ?... Pourtant il fallait qu'il s'assurât... Il ne pouvait pas rester dans cette incertitude qui le tuait. Il était déjà assez malheureux de la perte de celle qu'il aimait. Le ciel aurait dû lui épargner cette nouvelle épreuve, plus terrible encore que la première, car la première ne frappait que son amour, tandis que celle-ci atteignait son honneur.

Jamais le vicomte n'avait aussi bien compris tout ce qu'il y a de haut et de lumineux dans

l'honneur, que depuis qu'il sentait l'honneur de
son nom, de sa race, menacé. Passer partout la
tête haute, sans crainte d'être obligé de la courber sous une insulte ! Savoir qu'on a derrière
soi toute une suite d'ancêtres dont le blason n'a
jamais été terni, cela donne tant de courage
dans la vie ! Cela vous aide tant à aller de
l'avant, à supporter tous les malheurs et toutes
les infortunes ! On se sent appuyé, soutenu,
comme étayé par ceux qui vous ont précédé.
On est l'égal des plus grands et des plus fiers...

A ces pensées, Achille sentait son cœur
battre violemment. Il lui montait au cerveau
comme une chaleur enthousiaste. L'honneur !
C'était la fleur précieuse que sa pauvre mère
s'était plu à cultiver en lui avec si grand soin.
Elle était tombée en bonne terre et avait poussé
largement ; ses rameaux étaient verts et pleins
de sève. Aussi le jeune homme ne put-il supporter plus longtemps l'angoisse qui l'étreignait.
Il fallait qu'il vît son père, qu'il eût avec lui tout
de suite une explication décisive. Il ne pouvait pas rester une heure de plus avec cette
terreur qui lui donnait le vertige, suspendue sur
sa tête. Il ne pouvait pas vivre sous le coup
des paroles de cet homme !...

Le vicomte s'approcha de la porte et tira l'an-

neau de fer. Un tintement de sonnette lointain retentit, puis un léger claquement lui indiqua que
la porte d'entrée était ouverte. Il s'engagea plus
mort que vif, la peau de la face toute frémissante, dans les ténèbres du grand escalier, dont
les parois de marbre firent tomber sur ses épaules
une nappe de glace. La maison était silencieuse comme une tombe. Un épais tapis étouffait les pas du jeune homme. Achille monta le
premier, le second, puis le troisième, tout chancelant ; et quand il se vit devant la grande porte
d'acajou banale et froide qu'il avait si souvent
franchie, le cœur gonflé de la joie d'avoir vu ou
d'espérer voir Jeanne et de l'orgueil de se sentir
jeune, riche, honoré et envié, il faillit tomber à
la renverse. Jeanne était perdue pour lui. La
joie avait disparu pour toujours de sa vie. L'honneur, l'estime des autres, allaient peut-être s'éva-
nouir aussi. Ce serait la tête basse et la honte
au front qu'il devrait passer ce seuil pour une
dernière fois.

Achille avait conservé sa clé particulière. Il
entra dans l'appartement et enflamma une allumette. Rien n'était dérangé dans l'antichambre.
Elle avait toujours son aspect grave et tranquille,
avec ses grands vases de faïence surmontés de
plantes grasses.

Le jeune homme, dont l'émotion croissait à chaque pas qu'il faisait, à chaque pas qui le rapprochait de son père, se dirigea vers le cabinet et frappa deux coups timides. Une voix dont l'altération l'émut aussitôt et qu'il eut peine à reconnaître pour la voix du comte, tant elle était changée, lui cria d'entrer.

Achille ouvrit la porte. M. de Montbrison se leva en sursaut, après avoir jeté vivement quelques papiers sur un objet placé sur son bureau.

— Toi! Achille, dit-il, avec une expression violente de surprise.

— Moi, mon père!

— Tu es donc à Paris?

— J'y suis depuis hier soir, mon père!

— Tu as vu de la lumière dans mon cabinet, et tu es entré?

— Oui, mon père !

— Je suis heureux que tu aies eu cette idée, car je vais être obligé de m'absenter, et il m'eût été pénible de partir sans t'avoir embrassé.

Achille ne répondit rien. Il regardait son père.

Le comte était livide. Ses traits, affreusement contractés, portaient les marques d'une souffrance horrible. Le jeune homme frémit.

— Mon père, balbutia-t-il.

La voix s'arrêta sur ses lèvres.

10

— Qu'as-tu ? demanda le comte, qui remarqua aussi son agitation et sa pâleur.

Le jeune homme fit un mouvement brusque.

— Il vaut mieux que je parle, s'écria-t-il avec effort, car ce secret m'étouffe !...

Le comte avait tressailli.

— Que veux-tu dire ? murmura-t-il... Quel secret ?...

— On a signé hier, mon père, fit le jeune homme, le contrat de mariage de Jeanne de Grandvilliers avec un banquier nommé Le Lourdel.

— Je le sais, dit le comte, et sois persuadé que j'ai fait tout mon possible...

— Oui, mon père, répondit le jeune homme, je n'en doute pas... et je vous remercie de vos efforts... Je rôdais autour de l'hôtel, pendant que s'accomplissait le sacrifice de notre bonheur à Jeanne et à moi... et à l'entrée de l'hôtel j'ai été bousculé, injurié presque par mon rival, qui me prenait sans doute pour un soldat quelconque... Je lui ai crié mon nom à la face, indigné...

— Et ?... demanda le gentilhomme.

— Et il a ri, fit Achille, plus pâle que la mort.

— Il fallait, s'écria le comte violemment, lui rentrer son rire dans la gorge avec un soufflet !

— J'ai voulu le faire, mais il m'a arrêté d'un mot. Il m'a dit qu'on ne se battait plus avec le vicomte de Montbrison.

Le père se dressa comme mû par un ressort, blanc comme un suaire.

— Il t'a dit cela ?

— Il m'a dit cela.

— Et tu ne l'as pas tué sur l'heure ?

— Et je ne l'ai pas tué !

— Et t'a-t-il donné au moins les raisons de sa lâcheté ? fit le comte, frémissant.

Achille regarda fixement son père.

— Une seule... Je suis votre fils.

— Le misérable ! hurla le père, qui s'abattit sur son fauteuil, comme une masse, la tête dans ses mains, abîmé de sanglots. Il t'a tout dit !

Achille était devenu terrible.

Il s'avança vers son père, affolé, menaçant.

— Ainsi, c'est vrai, s'écria-t-il, ce qu'a dit cet homme? C'est vrai qu'on ne se bat plus avec le fils du comte de Montbrison ! C'est vrai enfin que le comte de Montbrison est menacé d'être arrêté d'un instant à l'autre, comme un malfaiteur ?

Le comte gardait le silence.

— Répondez donc, mon père, clama le jeune homme, hors de lui, répondez que le lâche en a

menti !... Vous ne dites rien !... C'est donc vrai...
C'est donc vrai ?

— Tout est vrai, balbutia le comte, que les
sanglots suffoquaient, la tête basse.

Achille chancela, comme s'il avait reçu un
coup de poignard en plein cœur... Il n'y voyait
plus. La douleur et la honte l'aveuglaient.

Le comte était tout tremblant, tout interdit.

— J'avais espéré que tu ne saurais rien,
murmura-t-il doucement.

Achille n'entendit pas.

— Mais, enfin, mon père, reprit-il d'une voix
violente, qu'avez-vous donc fait ?... Vous n'avez
pas volé, je suppose ?

— J'ai suivi tes conseils et ceux de Vernaudon, répondit le comte, qui avait peine à contenir sa douleur.

— Mes conseils ? interrogea Achille, qui ne
comprenait pas.

M. de Montbrison alors, d'une voix entre-
coupée par les larmes, raconta à son fils ce qui
s'était passé. Il lui dit sa ruine, ses angoisses,
lui peignit la douleur qu'il avait ressentie en le
voyant par sa faute si malheureux de ne pouvoir
épouser celle qu'il aimait. Pour réparer tous ces
désastres, pour empêcher de voir se disperser
aux enchères publiques tous ces meubles qui

leur étaient si chers et qui leur rappelaient tant
de souvenirs, affolé par le papier timbré pleu-
vant de tous côtés, pour refaire une fortune à
son fils, enfin, il était entré dans les affaires. Il
avait accepté de faire partie du conseil d'administration du *Crédit de Navarre*, puis de cette
société il était passé à d'autres. On gagnait gros
et c'était si facile ! Il n'entendait rien à la
finance ; il assistait aux séances du conseil pour
toucher ses jetons de présence, ignorant absolument les responsabilités qu'il encourait, en-
couragé dans cette voie d'insouciance par son
entourage, composé de gens de son monde
qui traitaient ces questions-là par-dessous la
jambe... Puis les désastres étaient venus. Les
établissements financiers s'étaient écroulés les
uns sur les autres comme des capucins de cartes.
Un de ceux dont il faisait partie avait été tordu
en quelques heures par la tourmente qui soufflait sur le marché, comme une maison de bois
dans un tremblement de terre. Tout le conseil
d'administration, responsable des irrégularités
commises, se trouvait sous le coup d'un mandat d'amener. On pouvait les arrêter tous d'un
moment à l'autre. Ils s'y attendaient. Les journaux l'avaient annoncé.

En disant ces mots, le comte semblait guetter

d'une oreille anxieuse les bruits du dehors.

Le jour commençait à paraître... Des voitures roulaient sous les fenêtres. Des persiennes claquaient le long des murs, brusquement ouvertes. Paris s'éveillait. L'heure était venue où les ténèbres ne protégeaient plus. Le comte tressaillit. Si on venait l'arrêter devant son fils !

Le jeune homme sembla lire cette crainte dans ses regards, car il écouta aussi d'un air épouvanté.

Dans l'appartement, des portes s'ouvraient. Les valets étaient descendus.

— Ah ! je comprends tout maintenant, dit Achille amèrement : je comprends le mariage précipité de Jeanne. On ne voulait pas laisser son nom accolé plus longtemps au nom flétri des Montbrison ! Tout le monde savait que nous nous aimions. Tout le monde nous croyait fiancés. Il fallait bien détromper le public, et vite, avant que le scandale eût éclaté, avant qu'on eût vu le comte de Montbrison, arraché de son appartement, entre deux agents !

— Achille ! s'écria le comte, éperdu...

— Eh ! qui vous réclamait une fortune, mon père ? poursuivit le jeune homme avec emportement. Je n'ai jamais vécu, Dieu merci, dans la pensée que vous me laisseriez un jour un héritage! Vous l'avez dépensé à votre guise, que m'importe?... Mais j'avais le droit de recevoir sans tache le nom que vous ont légué sans tache vos ancêtres, qui sont aussi les miens!... Ce n'est pas des sommes dépensées, c'est de notre honneur perdu, irrémédiablement perdu, que je viens vous demander compte!

Le comte arrêta son fils d'un geste.

— Écoute, dit-il...

Le timbre de l'entrée avait retenti... On entendait un bruit de voix à la porte.

Les deux hommes étaient devenus livides.

— Si c'était .. murmura le comte, la voix étranglée par l'angoisse.

— Oh! honte, s'écria Achille, nous voici, vous, le comte de Montbrison, et moi, son fils, tremblants tous les deux comme deux voleurs, à chaque bruit qui se fait!

Il n'avait pas achevé qu'on frappa à la porte du cabinet deux coups faibles.

— Qui va là? demanda le comte, pâlissant encore, comme en sursaut.

— C'est moi, Lionel, répondit le valet de chambre.

— Entrez! cria le comte, plus mort que vif, cherchant vainement à retrouver son sang-froid.

Le domestique avait les traits bouleversés.

— Qu'y a-t-il?

— Ce sont trois hommes assez mal mis qui demandent monsieur le comte.

Achille et son père se regardèrent.

— J'ai voulu les renvoyer, reprit le valet, en disant que M. le comte ne recevait pas ce matin. Je ne croyais pas, du reste, trouver monsieur le comte levé.

— Bien, bien, achève, fit avec un geste impatient M. de Montbrison, que l'anxiété brisait.

— Ils ont répondu qu'ils avaient le droit d'entrer, et qu'ils entreraient malgré moi. En effet, ils m'ont bousculé, et ils sont dans l'antichambre qui attendent.

Un frisson courut sur le front du comte et de son fils.

— Oui, je sais; je suis à eux, répliqua M. de Montbrison, affectant un grand calme. Priez-les de patienter cinq minutes.

Le domestique se retira.

Achille s'approcha de son père.

— Qu'allez-vous faire?

Le comte regarda son fils fixement.

— Que ferais-tu à ma place?

Le jeune homme n'osa pas répondre.

— Tu ne te laisserais pas arrêter? s'écria le comte d'une voix ferme. On ne se laisse pas arrêter quand on s'appelle le comte de Montbrison!

— Mon père! murmura Achille tremblant de comprendre.

— Il vaut mieux mourir, n'est-ce pas? C'est ton avis. C'était aussi le mien, car j'allais mourir quand tu es entré.

En même temps, le gentilhomme, qui avait retrouvé toute sa dignité et tout son sang-froid, écarta les papiers de son bureau, et laissa voir un revolver tout armé.

Achille se précipita sur lui.

— Aimes-tu mieux me voir emmener entre deux agents? dit le comte répétant les paroles prononcées précédemment par son fils.

— J'aime mieux tout que vous perdre! balbutia le jeune homme éperdu.

— Ce n'est pas ce que tu disais tout à l'heure.

— Oubliez, mon père, un instant d'emportement... Je souffrais tant!

— Non, tu étais dans le vrai... Ce que tu m'as dit, je me l'étais répété cent fois moimême... Crois-tu donc que je n'ai pas souffert autant que toi? Mes cheveux sont devenus tout blancs depuis l'heure terrible où la crainte du déshonneur est entrée dans mon âme!... J'ai expié bien cruellement mes imprudences et mes

11

fautes!... Tu peux me pardonner, avant que je meure, les heures d'angoisse que je t'ai fait passer, car je les ai payées cher...

Le jeune homme se jeta aux genoux du vieillard.

— C'est à moi de vous demander pardon, mon père... J'ai été cruel, implacable...

En même temps, il s'accrochait au comte pour retenir sa main qui avait saisi l'arme.

On entendait dans l'antichambre comme une bousculade... des bruits de voix... une dispute. Le valet de chambre luttait contre les envahisseurs.

Achille n'avait plus une goutte de sang dans les veines.

Le comte était redevenu maître de lui. Une grande fierté brillait dans ses regards. Le sacrifice l'avait grandi. Il allait laver avec son sang la souillure faite à son honneur dans un moment d'égarement. Il s'arracha aux étreintes d'Achille.

— Embrasse-moi, mon fils, dit-il, et retire-toi. Les hommes s'impatientent et je n'ai pas de temps à perdre.

Le jeune homme se précipita dans ses bras.

— Vous ne mourrez pas, mon père. Je ne veux pas que vous mouriez.

— Aimes-tu mieux me voir sortir d'ici enchaîné que mort? s'écria le comte. Consentirais-tu donc à voir sur le banc d'infamie le comte de Montbrison? Consentirais-tu à t'y voir toi-même entre les gendarmes, sous l'œil curieux du public, tout heureux d'assister à la chute d'une grande famille, à l'écroulement d'un grand nom?

Le vicomte resta interdit, frissonnant.

— J'aimerais mieux mourir.

— Tu vois bien, dit le gentilhomme, qui écarta violemment son fils, qu'il faut que je meure! Je n'ai pas le cœur moins haut que toi... Le sang qui emplit le tien vient de moi!...

Puis, profitant de la surprise du jeune homme, il s'appliqua froidement, résolument, le canon du revolver sur la tempe droite.

Une détonation retentit dans le silence de la maison endormie. Le comte tomba foudroyé.

— Mon père! fit Achille avec un cri déchirant, puis il se jeta de son haut sur le corps tout sanglant.

— C'est moi qui l'ai tué, balbutia-t-il au milieu des larmes et des sanglots.

Le domestique, les hommes, étaient accourus. On releva le cadavre du comte et on transporta Achille, à demi mort, n'ayant plus con-

science de ce qui se passait autour de lui, dans
sa chambre, sur son lit, où il resta plusieurs
heures inanimé.

Quand le vicomte revint à lui, des hommes
écrivaient dans la pièce. On saisissait le mobilier
de l'appartement. C'étaient des huissiers et non
des agents qui avaient forcé la porte le matin.
Le comte n'était pas menacé d'arrestation. Une
ordonnance de non-lieu avait été rendue en sa
faveur. Il avait été mis, ainsi que les autres
membres du conseil d'administration, hors de
cause. On n'avait retenu que le directeur et le
président. Cette méprise cruelle redoubla encore, si c'est possible, les larmes d'Achille.

Le jeune homme rendit le lendemain les
derniers devoirs à son père, en proie à une
douleur plus facile à comprendre qu'à exprimer.
Les terribles secousses par lesquelles il venait
de passer en quelques jours l'avaient anéanti,
brisé. Il aurait imité son père, ne se sentant
plus le courage de vivre après avoir perdu tout
ce qu'il aimait, s'il n'avait songé à son nom,
qu'il avait mission de réhabiliter. Il fallait relever l'honneur des Montbrison par quelque action
d'éclat. Il voulait être à lui-même son propre
ancêtre et jeter les bases d'un nouvel édifice
de gloire, puisque la gloire de sa famille avait

sombré dans la mort tragique de son père. Le jeune homme apprit à ce moment que le gouvernement cherchait des volontaires pour une expédition des plus périlleuses au centre de l'Afrique; c'était ce qu'il lui fallait; il demanda à en faire partie. En quelques jours, il obtint toutes les autorisations nécessaires et quitta Paris avant le mariage de Jeanne de Grandvilliers avec Le Lourdel.

Il n'avait pas revu la jeune fille.

DEUXIÈME PARTIE

I

Il y avait trois ans que le comte Achille de Montbrison avait quitté Paris, parti, comme on le sait, pour une mission des plus dangereuses au fond de l'Afrique, mission dont il s'était acquitté avec autant d'intelligence que de courage.

Son retour avait été annoncé par les journaux, accompagné des commentaires les plus flatteurs.

Le jeune homme, qui avait espéré trouver la mort dans cette expédition hérissée de périls de toutes sortes, revenait sans maladie et sans blessures, le visage un peu brûlé seulement.

Il n'avait pas oublié.

Le souvenir de Jeanne, de celle qu'il croyait avoir laissée aux bras d'un autre, ne l'avait pas

quitté, le poursuivant partout, ne laissant pas
de repos à son imagination. Il revenait le cœur
tout plein d'elle.

Qu'était-elle devenue? Que s'était-il passé
pendant ces trois années qui lui avaient paru
longues comme des siècles, — pendant ces
trois années où il avait vécu comme dans un
autre monde, — sans nouvelles de Paris et du
boulevard? Il l'ignorait.

Il tombait dans la capitale, ignorant et
dépaysé.

Il ne reconnaissait plus personne parmi les
promeneurs qu'il avait rencontrés dans les
rues. Il lui semblait que l'aspect des maisons
même était changé.

Il était descendu au Grand-Hôtel. Il rentra
de bonne heure, un peu fatigué du voyage.

Comme il allait se mettre au lit, des sons de
musique parvinrent jusqu'à lui, étouffés par
les corridors.

Il s'informa près d'un garçon qui passait. On
donnait une fête de nuit dans la grande salle,
pour une œuvre de charité.

Il ne se sentait pas près de dormir. Il descendit.

Il y avait quelques minutes à peine qu'il était
entré dans les salons, décorés de verdures et

de fleurs, brillamment illuminés, bondés de
monde déjà, quand son attention fut attirée par
une femme brune d'une beauté extraordinaire,
au teint cuivré, aux yeux noirs, à laquelle donnait le bras un homme dont la tournure le
frappa.

Achille avait vu déjà cette silhouette... Où ?
Et quand ?...

Il allait s'approcher pour voir le visage, mais
un nom prononcé par deux jeunes gens assis
dans l'embrasure d'une fenêtre le fit retourner
brusquement.

— C'est Le Lourdel et sa maîtresse, avait
dit l'un d'eux en désignant le couple.

En effet, le vicomte se rappela et reconnut
le banquier.

Celui-ci avait une maîtresse qu'il produisait
en public, sans se gêner, sans se cacher... Et
Jeanne ?

Telle est l'idée qui lui vint aussitôt.

Comme elle devait être malheureuse, si elle
savait !...

Le jeune homme allait suivre le couple, par
curiosité... quand la conversation des deux
jeunes gens l'arrêta de nouveau.

Ils parlaient de Le Lourdel, et ce qu'ils en
disaient paraissait intéressant.

11.

Celui qui avait désigné à son ami le financier
semblait connaître tout particulièrement ce
dernier.

Achille prit une chaise, se rapprocha sans
affectation et s'assit près des deux inconnus.

— Ainsi, demandait le second, c'est son
amant en titre maintenant?

— Il ne la quitte pas d'une semelle... Partout où elle chante, il la conduit. C'est son suivant.

— Elle doit lui coûter cher!

— Il a assez volé pour pouvoir payer!...

— C'est une canaille, ce Le Lourdel?

— Pas plus que les autres, mais autant...

— Autant que ceux qui ne le sont pas moins
que lui?

Les deux jeunes gens se mirent à rire... Il
y eut quelques minutes de silence.

— Elle est bien belle! murmura le second
au bout d'un instant.

— Qui?... Zora?... Superbe!... Elle a eu le
prix de beauté à Buda-Pesth il y a deux ans.

— Et elle l'aime?...

— Le Lourdel? Quelle plaisanterie!... Elle
le subit... Il paraît qu'elle a un consolateur à
gages... Un Hongrois qu'elle a amené avec
elle et qu'elle nourrit auprès de son hôtel. Dès

que le financier a disparu, le Hongrois paraît.
C'est réglé comme le dessus d'une boîte à musique... Les marionnettes, tu sais?...

Les jeunes gens éclatèrent de nouveau.

— Tu es encore neuf à Paris, reprit le premier au bout d'un instant. Tu n'es pas ferré
sur nos illustrations ; car Le Lourdel est une
de nos illustrations... Il n'est pas banal... Je
n'en veux pour preuve que sa première aventure, celle qui l'a lancé.

— Une aventure ? demanda l'autre.

— Oui, assez curieuse.

Achille avait avancé insensiblement sa chaise.

— Figure-toi, poursuivit le narrateur, qu'il
a failli pour ses débuts tâter de la police cor-
rectionnelle... Il a été condamné à cinq ans.

— Bah !

— Absolument... Et il a échappé à la prison
d'une façon assez originale... un coup de génie... Les agents porteurs du mandat d'amener viennent pour l'arrêter, quand ils sont re-
tenus sur le seuil de la porte par le bruit d'une
détonation. Le valet de chambre se précipite,
affolé... Monsieur venait de se brûler la cervelle ! Il était mourant... Le domestique envoie
un des agents chercher un médecin, l'autre
un prêtre. Bref, au bout d'un instant, la maison

est sens dessus dessous... On ne songe plus au mandat. Les agents eux-mêmes courent à droite et à gauche, la tête perdue. Pendant ce temps, mon gaillard, qui avait tiré en l'air, escaladait tranquillement la fenêtre, une valise à la main, traversait la cour, gagnait la rue, sautait dans un fiacre et s'embarquait à la gare du Nord. Quand le médecin, les agents, le prêtre, pénétrèrent dans l'appartement, plus personne... L'oiseau était déniché... N'est-ce pas que ce n'est pas mal fait?

— En effet.

— Il est rentré ensuite, la prescription venue, comme si de rien n'était, et il a fait la fortune que tu sais ; et maintenant il voit les prix de beauté à ses pieds, et lui seul est assez riche pour les payer à leur taux... Mais c'est de la comédie cela... L'histoire de son mariage est plus curieuse encore, et elle a fini en drame...

Achille se rapprocha encore, de plus en plus intéressé, comme on le conçoit... Un drame? Que voulait dire l'inconnu? Est-ce qu'il serait arrivé malheur à Jeanne?

— Il a épousé une demoiselle de Grandvilliers? interrogea le second jeune homme.

— C'est cela même.

— La jeune fille aimait, paraît-il, un jeune

homme du même monde qu'elle, et c'est à la suite d'une combinaison financière machiavélique de Le Lourdel, qui avait attiré le père dans un piège, que le banquier amena ce dernier à lui donner sa fille.

Les noces se firent, poursuivit le narrateur, dans l'hôtel de Grandvilliers... Très brillantes... Toute la noblesse était là, panachée des grands financiers, qui ne voulaient pas se faire un ennemi du marié, qu'ils estimaient peu, mais qu'ils craignaient. Plus d'un pauvre avait jeté un regard d'envie sur la jeune femme, disparaissant sous les dentelles et les fleurs d'oranger, dans sa voiture armoriée, traînée par des chevaux valant dix mille francs pièce, harnachés d'argent, les naseaux fiévreusement ouverts, l'œil orgueilleux, comme s'ils avaient eu conscience de leur mission... Et cependant elle était bien triste, bien malheureuse, la pauvre mariée, plus malheureuse cent fois que les pauvresses qui se traînaient autour de l'église, les pieds à demi nus dans la boue, le corps tout transi. C'était au cœur qu'elle avait froid, elle... Tout son sang semblait figé... Elle était pâle et insensible comme une statue, indifférente à tout, mais ses yeux brûlaient.

Le bal surtout fut splendide. L'hôtel semblait

tout gonflé de musique et de bruits de fête. Les
équipages affluaient, dans un trépignement de
chevaux, un cliquetis argentin de mors et de
gourmettes. Tout était illuminé. Les lumières
incendiaient les flaques d'eau de la rue... une
odeur de verdure fraîche, de fleurs, s'échappait
de toutes les ouvertures, comme des portes d'une
chapelle, un jour de Fête-Dieu... Et dans le
salon, quelle cohue ! Tout ce qui porte un nom
à Paris, tout ce qui est riche, titré, se trouvait
assemblé. Poitrines chamarrées, cous étranglés
dans les grands cordons, rivières de diamants
étincelant sur les épaules nues des femmes,
aigrettes se dressant dans la chevelure savam-
ment échafaudée avec des scintillements orgueilleux. Bref, une grande soirée, une très
grande soirée.

Au moment où les danses étaient dans tout
leur éclat, on entendit tout à coup dans les
salons comme un cri d'angoisse. On se précipita,
dans un affolement qu'il est plus facile à toi
d'imaginer, qu'à moi de dépeindre. Après
quelques minutes de recherches, on découvrit
enfin qui avait poussé le cri, c'était la mariée.

Achille avait tressailli. Il retenait son souffle.
Des frissons froids passaient sur sa peau. Il

n'était pas resté là. Il n'avait rien su de tout
cela... Comme elle l'aimait !...

Le narrateur poursuivit son récit.

— On trouva, dit-il, Mlle de Grandvilliers
échouée derrière une portière, évanouie... On
la porta dans sa chambre, et on attribua l'accident à la chaleur, mais il était dû à une autre
cause.

— Et Le Lourdel? demanda l'ami du jeune
homme qui semblait prendre aussi un vif intérêt
à ce récit.

— J'y viens... Mais il faut que je te fasse
connaître d'abord ce qui avait motivé l'évanouis-
sement de la jeune fille.

— De la jeune femme, rectifia l'ami.

— De la jeune fille, je dis bien.

Le comte fit un mouvement de surprise si
brusque que les deux amis se retournèrent.

Il y eut quelques minutes de silence, mais le
voisin ayant repris son attitude indifférente, le
narrateur continua :

— De la jeune fille, je disais bien, car il
paraît que Mlle de Grandvilliers, quoique mariée,
est restée jeune fille... mais ne m'interromps
plus... autrement je n'aurai pas achevé quand
il faudra quitter la fête ! Voici ce qui avait
produit sur la jeune fille l'émotion qui lui

avait arraché son cri... Derrière la portière
où on l'avait retrouvée gisante, deux jeunes
gens, deux coulissiers, deux amis du mari,
s'étaient raconté la façon dont le marié s'y
était pris pour entrer dans la noblesse, et que
je ne t'expliquerai pas, parce que je ne suis
pas assez ferré sur les opérations financières,
et la mariée avait tout entendu ; elle avait
compris qu'on l'avait indignement sacrifiée ;
qu'elle avait servi d'appoint à je ne sais quel
sordide marché d'intérêt conclu entre son père
et son mari... que ce dernier ne l'avait obtenue
qu'à la suite de j'ignore quelle perfidie... Elle
avait été indignée, suffoquée de cette décou-
verte... et elle n'avait pas pu être maitresse
d'elle-même... Toutes les tortures morales
qu'elle refoulait en elle depuis le matin avaient
fait explosion, avaient éclaté...

Après cet incident, les salons se vidèrent peu
à peu... Les invités commencèrent à lâcher
pied un à un, puis par bandes, comme si la peste
s'était déclarée tout à coup dans l'hôtel... Ce
n'était pas la peste, mais la douleur, qui venait
de laisser voir dans les étourdissements et les
éblouissements de la fête sa face blafarde...

Bientôt il n'y eut plus dans le salon que Le
Lourdel, ahuri, abruti, le front bas, comme un

bœuf terrassé... Le baron avait rejoint sa fille dans sa chambre.

Le marié était resté seul au milieu des allées et venues des domestiques indifférents, narquois, qui se hâtaient d'éteindre les bougies des lustres, de jeter à la hâte des toiles sur les canapés et les fauteuils encore tout frémissants et tout vibrants de la danse.

La poussière, éveillée par les piétinements, retombait lentement, comme une neige impalpable... Il y avait des cliquetis argentins de lustres... Les pièces s'éteignaient une à une et le silence descendait sur elles avec les ténèbres... Dans l'enfilade des salons, on voyait passer des lumières promenées par les domestiques et qui dansaient devant les glaces comme des feux follets.

Combien de temps le banquier demeura-t-il là, en proie aux terribles émotions qui le torturaient? Il ne l'a jamais su... Il n'y avait plus d'éclairé que le coin du salon où il s'était réfugié...

Écroulé, plutôt qu'assis sur un fauteuil, la tête dans ses mains, il songeait, sentant des catastrophes l'effleurer comme des ailes d'oiseaux funèbres.

Il aimait sa femme... Cette alliance, toute

d'intérêt d'abord, était devenue pour lui un
véritable mariage d'amour. Mlle de Grandvilliers était si belle, si rayonnante, si au-dessus
de lui !

Il avait conçu pour elle une sorte d'adoration
passionnée, avec des aspirations et des appétits
d'animal... Toute la journée, depuis le moment
où l'on était parti pour l'église, jusqu'au dîner
et jusqu'au bal, il l'avait dévorée des yeux...
Il ne l'avait pas perdue de vue un seul instant.
Tout le monde l'admirait, du reste, dans sa
toilette immaculée. Elle aurait tenté tous les
saints du Paradis... Tu vois d'ici mon Le
Lourdel, se disant que ce trésor allait lui ap-
partenir, être à lui, attendant l'heure avec des
embrasements fauves qui lui brûlaient toute
la chair, et se voyant tout à coup retardé,
empêché par un accident qu'il ne comprenait
pas, qu'on n'avait pas pris la peine même de
lui expliquer.

Il attendait toujours.

Tout à coup le baron apparut, effaré, livide...

Avant même que son gendre ait eu le temps
de lui faire une question, il lui jeta ces mots
dans un accès d'épouvante intraduisible :

— Elle sait tout ! Elle ne veut pas vous
voir !...

Le Lourdel poussa un grognement sourd, puis il se leva tout d'une pièce... Le beau-père avait déjà disparu... fuyant, comme si quelque danger terrible avait été à ses trousses.

Le banquier resta seul de nouveau, étourdi, avec des étincelles plein les yeux, puis il se mit à errer dans les corridors, au hasard, menaçant, farouche... le poing crispé.

— Il faudra bien qu'elle me reçoive ! semblait-il murmurer.

Il aperçut la femme de chambre qui s'éloignait. Il courut à elle, lui prit le bras.

— Dites à votre maîtresse, cria-t-il, les dents serrées, que je veux la voir, qu'il faut que je la voie !... entendez-vous !

La femme poussa un cri effrayé, puis elle se dirigea vers une porte qu'elle ouvrit... et où elle disparut.

Après quelques minutes qui semblèrent longues comme un siècle, la porte se rouvrit de nouveau.

Une voix frémissante, qui sonna comme un clairon à travers le silence et fit trembler Le Lourdel, s'en échappa :

— Qu'il entre !...

Le banquier se dirigea vers la porte, que la servante tenait entrebâillée...

Il s'avançait, chancelant, le dos voûté et peureux. Toute son audace était tombée... Sur le seuil de la porte, il s'arrêta...

— Entrez! fit la jeune femme, très émue... Il vaut mieux que nous nous expliquions ce soir!

Il entra.

Mademoiselle de Grandvilliers, les cheveux dénoués, la robe dégrafée, toute frémissante, des éclairs dans les yeux, était plus belle encore qu'elle n'avait jamais été.

Le Lourdel faillit pousser un cri d'admiration; mais ce cri resta dans sa gorge, quand sa femme lui dit avec un air de dédain qui l'écrasa :

— Vous venez, n'est-ce pas, chercher le prix de votre marché, prendre livraison de votre marchandise?

Il plia le genou, anéanti...

— Lui, Le Lourdel?

— Le Lourdel...

— Il fallait qu'il fût bien ému.

— Il ne se sentait plus... Tout bourdonnait en lui. Ses oreilles sonnaient. Il voyait rouge. Incapable, du reste, de parler, de se défendre. Il ne put balbutier qu'un mot :

— Pardon !

Mlle de Grandvilliers se redressa, plus hautaine, plus méprisante que jamais.

— Vous venez, dit-elle, me demander pardon d'avoir brisé ma vie, de m'avoir broyé le cœur? Ce sont de ces choses qui ne se pardonnent pas, jamais! jamais! entendez-vous!

— Je vous aimais, balbutia le malheureux.

— Vous ne me connaissiez même pas, vous ne m'aviez jamais vue, riposta la fille du baron avec un regard qui le foudroya.

— Mais je vous aime maintenant.

Mlle de Grandvilliers haussa les épaules.

— Si vous m'aimiez réellement, vous comprendriez ce que vous me faites souffrir, et vous n'insisteriez pas! répliqua-t-elle froidement.

Le Lourdel ne répondit pas. Il regardait sa femme, et il y eut quelques secondes d'un silence lourd, pendant lequel on entendait les respirations haletantes des deux interlocuteurs.

— Mais enfin, cria le banquier, hors de lui... Ce n'est pas loyal... C'est hier, c'est ce matin qu'il fallait refuser!

Sa femme lui jeta un regard qui le fit reculer de quelques pas instinctivement, comme devant quelque apparition terrible.

— C'est vous qui osez parler de loyauté? s'écria-t-elle. M'avez-vous dit hier, ce matin, ce que je sais maintenant? ce qu'un propos entendu par hasard vient de m'apprendre?

Pouvais-je supposer, avant de l'avoir vu, qu'il pût y avoir tant de boue dans le cœur d'un homme?

Le financier fit un geste violent, comme un taureau qui vient de sentir entrer dans ses chairs et le mordre jusqu'à l'os la flèche du picador.

— Cependant, clama-t-il, ivre de rage, vous êtes ma femme, et tout ce que vous direz n'empêchera pas que cela ne soit!

Et il se rapprocha, les yeux sanglants, brûlés par l'éclat des épaules nues que Mlle de Grandvilliers, inconsciemment impudique, étalait devant lui, toute au transport qui l'animait, sans souci de se cacher devant cet homme, qu'elle méprisait, comme les patriciennes romaines méprisaient autrefois les esclaves devant lesquels elles se baignaient.

Quand elle le vit près d'elle, quand elle sentit son souffle ardent, elle se recula brusquement avec une expression de dédain et de haine telle que l'homme en frémit de rage dans toute sa chair

— Ne me touchez pas, cria-t-elle. Je sais maintenant quelle sale chose est le mariage... quelle intimité il oblige la femme à avoir avec l'homme; et je ne serai jamais à vous, jamais... Je vous hais trop.

Le Lourdel sentait gronder en lui un mélange de fureur et de passion. Après tout, il était seul avec la jeune fille. C'était sa femme. D'une pesée de sa large main, il pouvait s'emparer d'elle, la courber sous lui, la violer légalement, s'il le fallait.

Ses prunelles s'allumaient; elles avaient des lueurs ardentes de charbon. Ses artères étaient gonflées à craquer et on voyait ses veines se tordre sur son front comme des cordes noires.

Sa poitrine râlait avec des battements de soufflet de forge.

La jeune femme eut peur.

Elle s'était reculée instinctivement... et avait gagné l'extrémité du lit.

Le mari avançait toujours, mais quand il fut près de sa femme, celle-ci fit étinceler devant ses yeux un poignard qu'elle venait de prendre sous l'oreiller.

— Un pas de plus! dit-elle, et je me tue sous vos yeux. C'est un cadavre que vous embrasserez.

Il y avait tant de décision dans son regard, qu'il fut épouvanté. Il eut peur de la perdre. Il se dit que cela passerait... quand le premier moment de fureur serait calmé.

Il recula et gagna la porte.

Mˡˡᵉ de Grandvilliers l'ouvrit, la poussa sur
lui et s'enferma à double tour.

On raconte qu'il passa la nuit sur le tapis,
déchirant l'étoffe et le bois de ses ongles, avec
des sanglots qui sonnaient dans tout l'hôtel vide
et plein de silence.

. . . .

Achille avait écouté ce récit avec une émotion
plus facile à concevoir qu'à expliquer.

A plusieurs reprises, il avait fait des efforts
surhumains pour ne pas crier, se trahir, interrompre le narrateur.

Son cœur battait violemment.

Comme elle l'aimait! avec quel courage elle
s'était défendue !

Oh! il la reverrait! au plus vite, et il tuerait
cet homme, ce misérable!

Quand le jeune homme avait raconté cette
tragique scène de la nuit de noces; quand il
avait essayé de peindre la violence brutale du
banquier devant sa femme, une sorte de rage
folle s'était emparée de lui.

Il avait fallu qu'il fût retenu, cloué sur son
siège, pour ainsi dire, par le désir d'apprendre
tout, pour ne pas s'être levé, avoir bondi du côté
où Le Lourdel venait de disparaître.

— Mais, reprit un des jeunes gens, j'ai entendu

dire qu'il ne battait plus que d'une aile, Le Lourdel.

— Et d'une lourde aile, fit l'autre en riant.

— Ses affaires vont très mal.

— Il est arrivé au point où les financiers commencent à songer à l'Académie.

— A l'Académie? interrogea l'autre, interloqué.

— A Mazas, si tu veux... C'est l'Académie de la finance. On n'y arrive qu'après quelques chefs-d'œuvre.

— Et tu crois que Le Lourdel?...

— Oh! Le Lourdel a déjà plusieurs chefs-d'œuvre sur la conscience. Il sera reçu avec acclamation. Sans plaisanter, on disait hier qu'un mandat d'amener allait être lancé contre lui.

— Et il est là tranquille... souriant.

— A la surface... Il faudrait voir le fond...

— Quel monde étrange!

— Le cœur de ces gens-là ressemble à un volcan... calme au-dessus et plein de bouillonnements à l'intérieur.

Les jeunes gens cessèrent de causer.

Un silence s'était fait... un silence pendant lequel on entendait les sons lointains de musique tourbillonner et se perdre dans les salons ouverts.

Achille ne voyait plus rien. Il semblait isolé du reste du monde...

Rien n'existait plus pour lui que Jeanne. Mais Jeanne, où était-elle?... Comment la reverrait-il?...

Il fut tiré de cette sorte d'extase dans laquelle il était plongé par le son de voix des deux inconnus.

La conversation reprenait.

— Et depuis, demanda l'un, Mlle de Grandvilliers n'a plus revu son mari?...

— Non... Le lendemain matin elle partait pour une terre que sa mère lui a laissée dans les Deux-Sèvres, près de Saint-Maixent, et elle n'en est plus revenue.

— Et Le Lourdel?...

— Le Lourdel avait pris le matin le même train que sa femme, dans un autre compartiment. Dans quel but?... Peut-être espérait-il encore, ou bien voulait-il tout simplement cacher sa mésaventure en ayant l'air de faire le déplacement de noces habituel?... On ne sait pas bien... Toujours est-il que le voyage fut étrange.

Sa femme était dans les premières voitures... Il se trouvait, lui, à la queue du train.

Il la vit descendre à la station de Saint-

Maixent avec une vieille servante de confiance.

Il avait la tête à la portière, les yeux ardents, prêt à se précipiter sur un geste, sur un signe.

Il n'y eut ni geste, ni signe.

Elle passa devant lui, droite, sans émotion apparente, la poitrine serrée dans un costume de voyage en drap simple...

Elle ne le regarda même pas...

C'est lui qui a raconté depuis tous ces détails, car il ne se gêne pas maintenant... pour parler d'elle.

Elle semblait plus belle encore, toute vibrante de la scène de la nuit, le visage fouetté par l'air vif du voyage...

Oh! ce qu'il eût donné pour avoir le droit de passer son bras sous le sien et de l'emporter, en couvrant de baisers ses lèvres vives!

Il n'osa pas descendre; il n'osa pas dire un mot.

Les arrêts sont courts à la station.

Elle était encore sur le quai que déjà la vapeur mugissait, des sifflements aigus déchiraient l'air et le train s'ébranlait...

Il était resté dedans, et il vit, Dieu sait avec quelle rage, sa silhouette divine s'éloigner, disparaître... et se fondre enfin dans le rideau de verdure de l'horizon...

Il alla jusqu'à La Rochelle, y coucha, puis il reprit le train et voyagea au hasard, cherchant à oublier.

Mais l'oubli ne vint pas...

L'image de Mlle de Grandvilliers, en robe blanche, en costume de voyage, dansait constamment devant ses yeux, emplissait son cœur, son cerveau, et il ne savait pas sous quel aspect elle lui paraissait le plus désirable... C'était infernal.

Il était complètement désemparé, démâté.

Il n'y avait plus d'affaires, plus d'argent.

Il ne songeait plus à rien.

Quand il rentra à Paris, après un mois de courses affolées au nord et au midi, nous ne le reconnaissions plus.

Il avait perdu vingt livres.

Ce n'était rien. La graisse se retrouve, mais c'est l'intelligence qui périclitait.

Une sorte de male rage s'était emparée de lui. Il était devenu féroce... L'histoire de son singulier voyage de noces avait transpiré ; et un jour, il faillit étrangler, sur les marches de la Bourse, un coulissier qui l'avait plaisanté.

Il fallut se mettre à dix pour lui arracher l'homme des mains ; et déjà le malheureux était exsangue, râlant et suffoquant. On eut toutes les peines du monde à le rappeler à la vie.

Quand le pauvre mari fut sorti de chez le commissaire, auquel il avait été obligé de donner des explications, il se rendit chez le baron de Grandvilliers, qu'il n'avait pas revu.

Là se passa une scène épouvantable.

Il paraît qu'il tenait en mains toute la fortune du baron. Il n'avait qu'un tour de vis à donner pour étrangler le malheureux, — ce qui explique le consentement de ce dernier au mariage, qui a si mal tourné.

Il menaça son beau-père de l'exécuter s'il ne lui ramenait pas sa fille, s'il ne rendait pas l'union effective, réelle... Il était las d'être sous le coup des plaisanteries de ses amis.

Le baron, épouvanté, prit le train le soir même et partit pour Saint-Maixent.

Il n'en ramena pas sa fille. Il n'en revint même plus...

Après une scène violente avec la jeune femme, il fut pris d'une attaque qui l'emporta.

Achille fit un brusque mouvement.

— M. de Grandvilliers est mort? s'écria-t-il involontairement.

Le narrateur, le regarda, abasourdi, sans répondre.

Puis, remarquant l'émotion du jeune homme,

12.

il allait sans doute l'interroger, quand M. de Montbrison dit précipitamment :

— Pardonnez-moi, monsieur, de vous avoir écouté, mais vous saurez quel intérêt j'attachais à chacune de vos paroles, quand je vous aurai dit qui je suis.

Il s'était levé et incliné devant les deux jeunes gens, ahuris.

Ceux-ci avaient salué également, machinalement.

— Je suis Achille de Montbrison, poursuivit le jeune homme.

Les inconnus avaient fait un mouvement de surprise...

Leur regard était devenu bienveillant et sympathique.

— Excusez-moi de vous avoir interrompu, reprit de nouveau Achille... mais j'arrive de loin... Je ne connaissais aucun des détails que vous venez de raconter, détails qui ont un si grand prix pour moi.

— Vous êtes tout excusé, monsieur, répliqua le narrateur... et je serais trop heureux si je pouvais vous être utile.

M. de Montbrison lui tendit la main.

— Je vous remercie, monsieur.

— J'ai connu, reprit le premier, le comte de

Montbrison, votre père, et son souvenir est resté très sympathique parmi nous.

Un nuage passa sur le front d'Achille en pensant à la fin terrible du comte.

Le narrateur poursuivit :

— Interrogez-moi, je suis tout à votre disposition.

— Je vous ferai une simple question, dit Achille.

— Parlez, monsieur...

— Mademoiselle de Grandvilliers vit toujours près de Saint-Maixent?...

— Oui, monsieur, au château de Bellevue.

— Et Monsieur... ?

— Le Lourdel?

— Oui, balbutia Achille...

— Oh! M. Le Lourdel ne parait plus guère penser à sa femme... Il n'a plus sur elle aucun moyen de pression maintenant que son père est mort... Il ne l'a pas revue et n'a même pas, je crois, cherché à la revoir... Il se console à sa façon...

Achille prit congé des jeunes gens et s'éloigna...

II

Le château de Bellevue, ou plutôt la ferme de Bellevue, car c'est plutôt une ferme qu'un château, est situé près de Saint-Maixent, sur un coteau, dominant un site admirable, dans lequel s'étagent des tons variés de verdure, qui servent, pour ainsi dire, de fond au tableau. Au milieu, se pressent comme un troupeau les maisons grises ou blanches que surmontent des toits d'ardoise aux tons plombés ou des couvertures neuves de tuiles rouges — notes éclatantes qui sonnent dans le paysage comme les coquelicots à travers un champ de blé. Les promenades, toutes vertes, avec leurs arbres rasés, alignés, corrects, s'allongent à l'entrée de la ville, contrastant, par leur rectitude, avec les lignes onduleuses, capricieuses, pleines de zigzags, qui courent au hasard dans l'horizon. Des filets de fumée montent et vont se perdre dans les nuages, légers et floconneux. Des pièces de terre lourdes, fraîchement labourées, s'étalent comme des tapis de couleur d'ocre, à côté des prairies chargées de verdure frissonnante, ponctuées de fleurs multicolores.

Au-dessus de tout cela plane un ciel admirable, plein d'air et d'espace, varié d'aspect comme la terre, sur lequel les nuages roulent et se déroulent comme dans un panorama spendide.

Achille de Montbrison, qui avait pris le matin le rapide à la gare d'Orléans, et qui était descendu à trois heures et demie à Saint-Maixent, arrivait à Bellevue vers cinq heures, dans une voiture qu'il avait louée.

Le temps était doux, le ciel un peu couvert. Les rayons du soleil, tamisés par des nuages de ouate blanche, tombaient sur la vallée en poussière d'or. Des tons cuivrés, orageux, dormaient au fond de l'horizon. Il y avait dans le paysage comme une accalmie, une attente. Pas une feuille d'arbre ne remuait.

Le jeune comte était trop ému pour faire attention à ce qui l'entourait. Son cœur battait à se rompre, et un frémissement courait par toute sa chair, devenant plus violent à chaque tour de roue qui le rapprochait de l'habitation de Jeanne.

Il allait la retrouver après trois ans!... toujours digne de lui, l'aimant toujours!

Comme cela lui semblait loin, pourtant, cette nuit terrible où il lui avait parlé pour la dernière fois et qui s'était terminée par une aussi épouvantable catastrophe, cette nuit restée dans son souvenir comme un lugubre cauchemar et dans laquelle il avait vu tout son bonheur s'anéantir ! Cette nuit marquée par la perte de celle qu'il aimait, par l'insulte de Le Lourdel et la mort tragique de son père. Cette nuit où toutes ses illusions étaient tombées d'un seul coup, où tous les voiles s'étaient déchirés devant lui et où la vie lui était apparue telle qu'elle était, dans toute sa nudité, faite de haines, de douleurs, de colères et de luttes.

Oh ! cette nuit !... Comme elle l'avait fait souffrir !... Quelle page de sa vie hideuse, souillée, sanglante !

Depuis ce temps, il avait parcouru les déserts d'Afrique, avec la mort à ses côtés, le guettant à chaque pas, sous toutes les formes, fièvre, faim ou soif, et jamais l'image de cette nuit ne s'était effacée de son souvenir. Elle revenait le torturer, implacable, inexorable... Jeanne entre les bras d'un autre, l'insulte de cet autre restée impunie, — puis son père mort, son honneur compromis.

Toutes les terreurs, toutes les souffrances de

la vie avaient été, pour ainsi dire, condensées pour lui en ces quelques heures tragiques.

Il n'avait eu depuis lors qu'un moment de joie. C'est la conversation entendue à l'hôtel Continental qui le lui avait donné.

Jeanne était libre ! Jeanne lui avait gardé son cœur. Jeanne l'avait aimé au point de braver la mort pour rester à lui.

Jeanne vivait !... Il pouvait la revoir !...

Elle n'avait pas appartenu à ce grossier personnage, sur le compte duquel couraient de si tristes légendes !

Le jeune homme était rentré chez lui, tout exalté, tout transporté.

Il s'était précipité sur l'Indicateur des chemins de fer, avait noté l'heure du premier train pour Saint-Maixent, et s'était préparé à partir.

Comme les heures lui avaient paru longues ! Comme le rapide, qui semble ne faire qu'une bouchée de l'espace, qui traverse en mugissant, avec la vitesse d'un projectile, les villes et les villages, avait pour lui marché lentement !

Enfin, il était arrivé. Il touchait au terme. Elle était là, à quelques mètres de lui à peine, et maintenant des angoisses et comme des défaillances le prenaient. Il lui semblait, tant il était ému, tant il avait froid dans toutes ses veines, que la circulation de son sang s'était arrêtée tout à coup.

Il trouvait que la voiture allait trop vite. Il redoutait, tout en y aspirant, le moment où elle apparaîtrait devant lui...

Il n'avait pas dit un mot pendant tout le trajet au conducteur, et celui-ci ne s'était guère inquiété de lui, fumant sa pipe et enveloppant de temps en temps sa bête de coups de fouet, pour se distraire.

Tout à coup, il arrêta brusquement.

— C'est là, fit-il.

Et il indiquait du manche de son fouet un mur blanc, élevé, dans le milieu duquel s'ouvrait un grand portail peint en vert... Dans le fond, apparaissait une maison d'aspect bourgeois, les persiennes closes.

Deux tourelles de chaque côté avaient sans doute fait donner à la demeure le nom de château.

Achille avait fait un mouvement brusque, quand le conducteur lui avait montré l'habitation.

Là !...

Il restait interdit, hébété, n'osant pas descendre.

Il surmonta enfin son trouble et mit pied à

13

terre, pendant que l'homme allait ranger sa
voiture le long du chemin, pour ne pas gêner
les autres véhicules qui passeraient.

Un large anneau pendait à droite de la poterne.

Achille le tira d'une main tremblante.

Un coup de sonnette retentit, suivi d'aboie-
ments de chiens bruyants et nombreux.

Une femme inconnue, une paysanne, vint ouvrir une petite porte percée dans le portail.

— Mme Le Lourdel, demanda le jeune homme,
d'une voix si basse qu'on l'entendit à peine.

La femme le regarda.

— Mme Le Lourdel? je ne connais pas ça,
monsieur.

Le comte fit un soubresaut.

— On m'a pourtant dit, balbutia-t-il, décon-
certé, que c'était au château de Bellevue... C'est
bien le château de Bellevue?...

— Oui, monsieur... Mais il ne reste au château que Mlle Jeanne.

— Mlle Jeanne!... c'est cela, s'écria Achille,
Mlle Jeanne de Grandvilliers.

La paysanne le regarda de nouveau, stupé-
faite de son agitation.

— Elle est au château, Mlle Jeanne? demanda
le jeune homme, d'une voix qui tremblait de plus
en plus.

La femme allait répondre, quand une joyeuse exclamation lui coupa la parole.

— Monsieur le comte!...

Achille se tourna et reconnut Annette.

D'un bond, il fut dans ses bras.

— Annette! ma bonne Annette!...

— Ah! monsieur le comte! quelle surprise! s'écriait la brave femme, suffoquée. Comme mademoiselle va être heureuse! Elle qui ne pense qu'à vous! à vous, entendez-vous! Ah! Dieu, a-t-elle pleuré! Mais vous voilà enfin, sain et sauf! Nous avions si grand'peur que vous ne restiez là-bas... Mademoiselle compte toujours que vous vous marierez ensemble, vous savez... Elle ne vit que dans cet espoir. Il est mortel, l'autre, n'est-ce pas? Le bon Dieu, ou plutôt le diable peut l'emporter.

Tout en parlant, elle entraînait le jeune homme, éperdu, qui n'avait pas encore pu placer un mot, le regardant, l'examinant.

— Comme vous avez bruni! s'écria-t-elle.

— C'est le soleil...

— On dirait que vous avez engraissé aussi, Dieu me pardonne!... Ce n'est pas comme mademoiselle.

— Jeanne est souffrante?

— Pas précisément, mais vous comprenez,

avec le chagrin qu'elle se fait... Nous vivons en recluses ici, toutes les deux, toujours seules, en pensant à vous et en parlant de vous... C'est notre seule conversation et notre seule distraction.

Annette n'avait pas achevé que la porte d'entrée s'ouvrait.

Jeanne parut sur le seuil.

Un cri s'échappa en même temps des lèvres des deux jeunes gens.

— Jeanne!

— Achille!

Ils se jetèrent dans les bras l'un de l'autre et fondirent en larmes, larmes douces, larmes chères, qui les récompensèrent en quelques minutes de trois ans de chagrin et de désespoir.

Puis Jeanne entraîna Achille dans un petit salon situé au rez-de-chaussée...

Ils ne pouvaient se lasser tous les deux de se contempler, sans parler, les mots ne venant pas à leurs lèvres...

Ils restèrent ainsi dix minutes, les mains dans les mains, tout frissonnants, les yeux noyés de bonheur.

Jeanne s'était dégagée la première, reprenant plus vite possession d'elle-même.

— Ainsi tu ne m'as pas oublié? murmura le jeune homme.

— T'oublier !

— Oui, je sais combien tu m'aimes, reprit vivement Achille... On m'a tout raconté — je sais quel courage tu as déployé.

— On a brisé notre vie !

— Rien ne te lie à cet homme, s'écria le comte.

— Si, répondit Jeanne, ma parole... Tant qu'il vivra, nous ne pourrons nous voir.

— Séparés encore !...

— Il le faut !

— Jeanne... supplia Achille.

— Si nos entrevues étaient trop fréquentes, nous succomberions, et je ne veux pas succomber. Je veux rester pure, digne de toi !...

— Il peut vivre longtemps, soupira le jeune homme.

Jeanne leva au ciel ses yeux exaltés.

— Non, dit-elle, je sens que ses jours sont comptés.

Elle reprit aussitôt, comme pour secouer les pensées tristes qui s'emparaient d'eux :

— Mais ne songeons plus à cela ! Ne pensons pas à la séparation, mais à la joie du retour.

Elle le fit asseoir près d'elle et se fit raconter ses voyages, ses fatigues, ses dangers.

Il revenait chargé de gloire... Elle avait lu cela dans les journaux.

Son expédition avait réussi au delà de toute
espérance; mais comme elle avait craint de le
perdre! Ce climat est mortel, et les périls sont
si nombreux sur cette terre sauvage!

Chaque fois qu'elle lisait des récits d'explora-
tion à travers l'Afrique, elle sentait un frisson de
peur passer en elle. La nouvelle du massacre de
la mission Crevaux avait failli la faire mourir de
terreur.

— Comme tu m'aimes! murmura Achille...
C'est la pensée seule qui m'a soutenu... C'est
le désir de te revoir qui m'a conservé à la vie.
Et cependant je te croyais à un autre, mariée.
J'étais parti avec cette idée, et je n'ai plus eu de
nouvelles de France. Je ne voulais pas en recevoir. Je craignais toujours de trouver dans les
journaux le récit de ton mariage.

— Nous avons été victimes tous les deux
d'une odieuse machination.

— C'est ce que j'ai entendu dire.

— Mon pauvre père a été trompé par cet
homme, et il a été bien puni de son impré-
voyance.

— J'ai appris sa mort.

— Il est mort d'avoir perdu sa fortune : il est
mort, pour ainsi dire, de ma résistance à sa
volonté.

Des larmes vinrent aux yeux de Jeanne.

— Il y a des moments, ajouta-t-elle tout bas, où je me reproche cette fin, comme un remords... Mais cet homme, qui m'était déjà odieux auparavant, avait excité en moi une telle répulsion, une telle haine, depuis que j'avais appris comment il m'avait obtenue de mon père, comment il avait forcé la main et la volonté du pauvre homme, que j'aurais préféré mille fois mourir que de me retrouver en sa présence. Vous savez que je m'étais enfuie ici le lendemain même du mariage?...

— Je sais cela. J'ai entendu raconter la scène.

Une légère rougeur colora les joues de la jeune femme.

— Je n'avais pas revu mon père, reprit-elle, quand, un soir, il m'arriva ici tout en émoi...

Il était tellement bouleversé, effaré, que son aspect me fit peur.

— Tu ne veux pas ma ruine, ma fille, commença-t-il... Tu ne veux pas ma mort?

— Non, mon père, répondis-je, me doutant bien déjà de ce qu'il allait me demander.

— Ton mari vient de venir chez moi.

— Mon mari? dis-je d'un air étonné.

— M. Le Lourdel.

— Eh bien?...

— Eh bien, je dois à M. Le Lourdel plus de douze cent mille francs, qu'il peut me réclamer d'un instant à l'autre, qu'il menace de me réclamer, puisque tu ne remplis pas les engagements, puisque tu n'es pas sa femme et qu'il n'y a pas eu de mariage effectif entre vous... Ses amis l'ont su, se moquent de lui... Il est à bout... Il veut une solution.

Je faisais semblant de ne pas comprendre.

— Quelle solution ?...

— Il veut que tu reviennes à lui... que tu sois sa femme... Il t'aime !...

J'étais devenue toute pâle de colère.

— Je ne reverrai jamais cet homme ! répondis-je d'un ton ferme.

Mon pauvre père eut comme une crispation de douleur.

— C'est ma ruine ! bégaya-t-il.

Il s'affaissa.

Je sonnai.

Les domestiques accoururent. On s'empressa autour de lui.

Il revint à la vie, mais il resta quelques jours comme égaré...

On le rencontrait dans les pièces, causant tout seul. Les mêmes mots s'échappaient constamment de ses lèvres... Douze cent mille francs !...

Je souffrais affreusement de le voir ainsi, mais le sacrifice qu'il m'était venu demander était réellement au-dessus de mes forces. J'avais déjà immolé ma liberté, mon bonheur... Je ne pouvais pas encore livrer mon cœur... C'était trop !

Quand mon pauvre père passait près de moi, il avait comme un tressaillement.

Il n'osait plus me parler.

Sur ces entrefaites, il reçut une lettre de Paris, de Le Lourdel, qu'il me montra.

Le misérable lui accordait encore vingt-quatre heures... Passé ce délai, il allait tout faire vendre... l'hôtel de la rue de Varennes, les propriétés de mon père.

Cette ferme seule, qui était à moi, devait nous rester.

Mon père était agité, en lisant cette lettre, d'une sorte de tremblement convulsif.

Il n'osait pas me prier encore, mais ses yeux parlaient pour lui.

Je me jetai dans ses bras.

— Qu'avons-nous besoin de fortune ? lui dis-je. Laissez tout vendre et revenez me rejoindre. Nous vivrons ici tous les deux, médiocrement, mais heureux.

— La ruine, la chute, la misère, bégaya-t-il ; à mon âge, la honte !

13.

Je l'avais pris dans mes bras, j'arrosais ses joues de mes larmes.

Il ne voulut rien entendre.

Il se dégagea brusquement.

— Ainsi tu refuses ? dit-il d'une voix sèche.

— Oui, répondis-je avec fermeté. Je ne me livrerai pas pour une fortune. J'aimerais mieux cent fois mourir... Dis-moi de mourir pour toi, mais ne me parle pas de cet homme !

Il ne prononça plus un mot et s'éloigna tout chancelant.

Je courus après lui.

Il me repoussa de la main, sans parler.

Il alla s'enfermer dans sa chambre, et je ne l'ai plus revu... On le trouva mort le lendemain... Il avait eu pendant la nuit un accès de désespoir qui l'avait emporté.

Achille s'était levé, un éclair de rage dans les yeux.

— Oh ! cet homme ! s'écria-t-il, de combien de malheurs il est cause !...

Jeanne le calma du geste.

— Surtout, dit-elle, n'ayez pas de querelle avec lui... S'il mourait par vous, je ne pourrais pas être votre femme !

Elle s'était levée aussi.

— La nuit s'approche, reprit-elle. Il faut nous quitter, Achille.

— Déjà !

— C'est nécessaire. J'ai ma réputation à sauvegarder...

Des larmes étaient venues aux yeux du jeune homme.

— Et nous nous reverrons ?

— Après la mort de cet homme... Nous sommes fiancés, vous le savez... L'obstacle disparu...

Achille avait fait un geste désespéré.

Il allait insister, supplier, quand Annette fit irruption dans la pièce, toute bouleversée.

— Ah ! mademoiselle ! mademoiselle !

— Quoi ? qu'y a-t-il ?...

— Cet homme !

— Quel homme ?

— M. Le Lourdel.

— Il est mort ?... demanda Achille.

— Mort ? Il est ici ! Il entre malgré nous. Il dit qu'il est chez lui. Il bouscule tout le monde.

Achille avait pâli, fait le geste de s'élancer.

Jeanne le retint.

— Laissez entrer cet homme, dit-elle à Annette.

— Mais, mademoiselle, s'écria la servante.

vous n'y pensez pas!... Il vient pour vous surprendre avec M. le comte. Il veut du scandale,
se venger. Il a suivi M. le comte... Il faut que
M. le comte...

Achille avait fait un mouvement comme pour
obéir.

— Il n'y a que les coupables qui fuient, dit
Jeanne d'un air de reine et de déesse.

Et, du geste, elle commanda à Achille de
demeurer.

Au même moment la porte s'ouvrait et Le
Lourdel paraissait, tout frémissant de rage.

Annette s'était éloignée, les bras au ciel,
tremblant pour sa maîtresse.

Les trois personnages se regardèrent un instant sans parler.

Jeanne retrouva la première son sang-froid.

Elle s'avança à la rencontre de son mari.

— De quel droit, monsieur, dit-elle de son
air le plus hautain, osez-vous pénétrer ici?

Le Lourdel eut comme un mouvement de
recul, puis un ricanement plissa ses lèvres
lippues.

— De quel droit? En vérité, je vous trouve
superbe! Vous êtes ma femme, vous portez mon
nom... et je vous surprends en tête-à-tête avec
un amant.

Jeanne le toisa avec un dédain indéfinissable.

— Monsieur n'est pas mon amant, fit-elle tranquillement.

Son gros rire le reprit.

— Pas encore. C'est possible... parce que je suis arrivé à temps... Je surveillais l'oiseau.

Il désigna le comte.

Jeanne avait pâli.

Achille fit un geste furieux.

— Monsieur ! commença-t-il, et il avança de trois pas vers Le Lourdel.

Jeanne, du regard, le suppliait de rester calme.

Le banquier s'éloigna.

— Vous, laissez-moi ! cria-t-il... La loi me donne le droit de vous tuer, et il ne faudrait pas beaucoup me prier pour que j'usasse de ce droit.

— Vous n'auriez ce droit que si Jeanne était coupable, riposta le comte.

— Et qui me dit qu'elle ne l'est pas ?

— Ma parole !

Les deux hommes se dressèrent en face l'un de l'autre, les yeux ardents.

Du geste, Jeanne cherchait à calmer Achille.

Le Lourdel continua à ricaner.

— Votre parole... jolie caution !...

Le comte devint livide...

— Jamais personne n'en a douté encore, monsieur.

— Je serai donc le premier, grogna Le Lourdel.

Le jeune homme leva la main, Jeanne la baissa.

— Je t'en supplie, Achille.

Le Lourdel grommela.

— Il y a deux heures que vous êtes ensemble... seuls... et vous vous aimez depuis longtemps.

— Nous nous adorons, fit Achille en regardant Jeanne.

— Et vous voudriez me faire croire... Non, ce serait trop jobard... poursuivit le banquier.

— Au-dessus de l'amour, il y a l'honneur, monsieur, dit le comte, indigné.

Le banquier continua à ricaner.

— L'honneur ! Beau mot... Votre père en est mort.

— Oui, il n'a pas joué la comédie du suicide, comme vous, riposta Achille. Ce n'était pas un habile.

Le Lourdel sursauta et fixa le jeune homme.

— On vous a raconté ça ?

— On me l'a raconté, et sans que je le demande... Hier soir... dans cette salle où vous paradiez... Ce n'est un secret pour personne.

— Et vous veniez répéter ce conte à madame, pour m'en faire mépriser davantage?

Achille, à son tour, toisa le financier.

— Décidément, monsieur, fit-il d'un ton méprisant, vous avez la manie d'estimer tout le monde à votre taille!

Le Lourdel bondit de fureur.

— Je ne veux pas vous tuer. Je ne suis pas un assassin, quoi que vous pensiez de moi, mais nous allons nous battre.

Jeanne, restée immobile, interdite, pendant cette explication, courut instinctivement vers Achille pour le protéger.

Le jeune homme l'écarta doucement, comme pour lui dire de ne rien craindre.

— Me battre, répondit-il à Le Lourdel, ce serait déshonorer Jeanne de Grandvilliers. Je ne me battrai pas!

— Je saurai bien vous y contraindre, hurla le banquier.

— En me souffletant?

— S'il le faut!

— Vous n'oseriez pas! s'écria le comte en le regardant bien en face.

— Pourquoi donc?

— Parce que vous savez bien que si vous

leviez la main sur moi, je vous tuerais comme un chien et que vous tenez encore à la vie !

— En effet, ce serait absurde de se faire tuer... murmura Le Lourdel, surtout dans ma situation de mari pour rire.

— Laissez donc sommeiller vos ardeurs belliqueuses ! fit Achille d'un air ironique.

Le banquier sursauta de nouveau.

— Je ne puis pourtant pas, cria-t-il, vous laisser libre de voir ma femme à votre guise, car elle est ma femme après tout.

. — J'ai dit à Jeanne de Grandvilliers, répliqua tranquillement le comte, ce que j'avais à lui dire. Elle m'a répondu ce qu'elle avait à me répondre... Nous ne nous reverrons plus que quand elle sera libre.

— Quand je serai mort ! gronda le banquier.

Achille ne répondit pas.

— Il ne vous reste plus qu'à me tuer, ajouta Le Lourdel.

— Nous laissons cette besogne à vos pareils, riposta dédaigneusement le comte.

Le banquier le regarda en souriant ironiquement.

— Nous avons le temps de nous revoir, monsieur le comte, mais je suis venu pour parler à madame.

Achille fit un mouvement.

— Je ne laisserai pas madame seule avec vous.

Le Lourdel ricana.

— Vous n'avez pas peur qu'on nous surprenne en tête-à-tête, je suppose ?... Vous n'ignorez pas que je suis le mari de madame et que j'ai seul le droit de pénétrer chez elle.

Jeanne se tourna vers le comte.

— Laissez-nous, Achille.

Le comte bondit.

— Vous voulez ?...

— Je le veux, répondit Jeanne d'un ton ferme.

Le jeune homme s'inclina et sortit.

Pendant ces quelques paroles, Le Lourdel avait pris une chaise et s'était campé dessus.

— En vérité, madame, commença-t-il d'un ton goguenard, quand Achille fut sorti, vous me faites jouer un singulier rôle... C'est presque moi, votre époux légitime, qui serais mis à la porte par votre amant !

Jeanne regarda son mari.

— Vous jouez le rôle que vous avez volontairement embrassé en m'épousant, malgré moi, sachant que je ne vous aimerais jamais, car mon cœur était à un autre... Néanmoins, l'honneur dont vous riez est assez fort dans nos cœurs, à Achille et à moi, pour vaincre l'amour, car M. de Montbrison, on vous l'a déjà dit, n'est point mon amant...

Le Lourdel haussa les épaules.

— Vous spéculez sur ma mort avec lui!...

— Je ne lui ai pas caché que lorsque je serais libre, je serais sa femme.

— Et d'ici là?...

— D'ici là?... il vous l'a dit... nous ne nous reverrons plus.

Le Lourdel eut un ricanement ironique.

— Si vous croyez que j'ajoute foi à ces serments-là!...

Jeanne ne répondit pas...

Il se fit quelques minutes de silence.

Le Lourdel semblait mal à l'aise... Il s'agitait sur sa chaise et des gouttes de sueur perlaient à son front.

Sa femme le contemplait avec un air calme et digne, le front pur et le regard clair, fière et hautaine, comme quelqu'un qui n'a rien à se reprocher.

Les yeux de Le Lourdel, au contraire, avaient des clignotements louches.

Il était évident que le banquier avait des paroles à prononcer, devant lesquelles il hésitait.

— Ce n'est pas seulement pour me faire une querelle de jalousie que vous êtes venu ici? reprit Jeanne d'un air narquois.

— Pour ça et pour autre chose.

— Parlez donc!

Le banquier s'était levé.

— Écoutez, Jeanne, commença-t-il d'un air insinuant.

— Jeanne?... dit la jeune femme, protestant par son attitude contre cette appellation familière.

Le Lourdel s'arrêta interloqué.

— Ma... reprit-il... mademoiselle.

— J'aime mieux cela, fit la jeune femme.

— Au fait, moi aussi, répliqua le financier... J'avais tort de chercher des phrases entortillées... Cela ne me va pas... Je suis habitué à la langue brutale des affaires. Je vais donc vous dire nettement et carrément ce qui m'amène.

— Je vous écoute, répondit tranquillement Jeanne.

— Vous avez toujours supposé, reprit le banquier, que c'était par intérêt que j'avais cherché à obtenir votre main?... Or, quel intérêt y pouvais-je avoir?... Votre père était ruiné... Vous n'aviez plus rien... J'étais donc mû par

un autre sentiment, par un sentiment plus
noble, par l'amour.

Jeanne fit un geste de protestation.

— Oui, vous ne m'aimez pas, vous, je le
sais... J'aurais dû me faire aimer d'abord.

Un sourire d'une ironie divine se dessina sur
les lèvres de la jeune femme.

— Je n'y serais pas parvenu, voulez-vous
dire... Peut-être... Je ne suis pas un élégant
cavalier comme M. de Montbrison... Mais j'ai
des qualités que vous auriez appréciées... des
qualités que vous ignorez...

— Et que je ne tiens pas à connaître, répliqua doucement Jeanne.

Les traits de Le Lourdel se contractèrent
sournoisement.

— Soit, reprit-il... Raillez-moi. Je suis
décidé à tout supporter... Il n'en est pas moins
vrai que je vous aimais, que je vous aime, et
que j'ai tout fait pour vous obtenir.

— Je le sais, répondit Jeanne... Rien ne vous
a arrêté, ni le vol, ni le crime.

Le Lourdel fit un bond effaré.

— Le vol et le crime ? Que voulez-vous
dire ?

— Vous avez volé à mon père sa fortune, répliqua Jeanne de sa voix tranquille, et vous

l'avez tué avec vos menaces, plus sûrement qu'avec un couteau.

Le Lourdel se croisa les bras, les yeux plongés dans ceux de la jeune femme.

— A qui la faute ?

— A moi, peut-être ?

— A vous, à vous seule.

— Par exemple !

— Vous étiez ma femme... il fallait remplir vos devoirs d'épouse.

— Que je trempe dans votre odieux marché ; que mon cœur devienne l'appoint ?. .

— Vous aviez juré devant Dieu de me suivre et de m'obéir.

— Il y a longtemps que ma conscience m'a déliée de ce serment... surpris à ma bonne foi !

— Votre conscience peut-être... mais il y a la loi !... J'ai la loi pour moi.

— Que n'en usez-vous ?

— C'est pour en user que je suis venu !

— Vous allez me faire emmener de force ?

— Pas précisément... mais j'ai amené avec moi un commissaire, qui m'attend... et, sur un signe de moi, ce commissaire va constater que je vous ai surprise, vous, Jeanne de Grandvilliers, épouse légitime de Le Lourdel, en flagrant délit d'adultère avec votre amant le comte Achille de Montbrison. Voilà pourquoi je suis venu.

Jeanne le regarda d'un air de mépris indéfinissable.

— Je savais bien, dit-elle, que ce ne pouvait être que pour une infamie nouvelle que je vous voyais !

— Je suis las, répliqua-t-il rudement, de vos mépris et de vos dédains ! Il faut que cela finisse ! Je suis la risée de tout le monde ! Je veux avoir mon tour !

— En faisant constater, nous sachant innocents, dit la jeune femme, que nous sommes coupables.

Le Lourdel haussa les épaules.

— Que m'importe ! Il y a les apparences et les apparences suffisent.

— Misérable ! cria Jeanne, frémissante de colère et d'indignation.

— Un procès en adultère, reprit Le Lourdel, ce ne sera joli ni pour l'un ni pour l'autre, et cet honneur dont vous faites tant de cas...

— Vous voilà tel que je vous avais jugé !... sans voile hypocrite !... murmura Mlle de Grandvilliers. Je suis heureuse de vous voir étaler devant moi ces fameuses qualités cachées.

Le Lourdel tressaillit.

— Riez, dit-il... rira bien qui rira le dernier.

— Et dans quel but? reprit Jeanne, cette persécution? cette menace de scandale?

— Toujours dans le même but... Pour vous avoir, car je vous aime!

— Étrange façon de témoigner ses sentiments! ricana la jeune femme.

— On les témoigne comme on peut, reprit Le Lourdel. Je ne suis pas taillé pour soupirer et faire la bouche en cœur. Du reste, vous n'accueillez ni mes soupirs, ni mes protestations d'amour. Je ne suis pas de votre monde, moi. Je suis un rustre. Cela n'empêche pas que je tienne mes engagements quand j'en ai pris. Vous, il faut vous mettre le couteau sur la gorge pour vous amener à composition. Je l'ai placé déjà sur le cou de votre père. Vous avez laissé faire plutôt que de céder. J'ai donc attendu l'occasion pour le mettre sur votre propre gorge à vous. Cette occasion est venue. Je la guettais depuis trois ans. Quand j'ai su l'arrivée à Paris du comte de Montbrison, j'ai vu mon espoir renaître, enfin... J'ai fait espionner le comte. Je l'ai suivi, et il m'a amené là... Nous sommes venus par le même train, et, pendant qu'il roucoulait à vos pieds, je ne sais quelles romances sentimentales, moi, j'allais chez le commissaire, je lui racontais le fait et je l'amenais avec moi. Et il est là, à la porte, qui m'attend. Et je vous tiens maintenant. Et je n'ai plus qu'un mot à dire. Avez-vous compris?

— Infâme! murmura Jeanne.

— Partez avec moi ou je fais dresser le procès-verbal. Le procès-verbal, vous ne l'ignorez pas, c'est la prison, la honte pour vous, pour votre nom.

— Pour le vôtre surtout, car c'est le vôtre que je porte.

Le Lourdel secoua la tête.

— Oh! le mien, il est habitué aux éclaboussures. Une de plus ou de moins!... Ce n'est pas de l'hermine... D'ailleurs, j'aurai le beau rôle. Je suis le plaignant.

— Et si j'accepte? demanda Jeanne.

— Si vous acceptez, le commissaire s'en retournera comme il est venu. Il n'aura rien vu.

— Eh bien, je refuse! Il n'y a de honte que pour ceux qui sont coupables! Achille et moi, nous sommes innocents.

— A qui le ferez-vous croire?

— Aux honnêtes gens! Et c'est le jugement de ceux-là seulement qui nous importe... et maintenant, monsieur, que vous n'avez plus rien à me dire, sortez!

— Vous me chassez? Je suis votre mari!

— Si vous ne voulez pas sortir, c'est moi qui sortirai pour vous épargner l'humiliation d'être jeté dehors par mes domestiques.

— Vos domestiques! C'est moi qui paye leurs gages!

— C'est moi, avec les produits de ma ferme.

Le Lourdel fit un mouvement de stupeur.

— Que devient donc mon argent?

— C'est affaire à vous et à votre intendant.

— Le gredin, hurla le banquier, voilà trois ans qu'il me vole!

Avant qu'il eût achevé, Jeanne s'était éloignée.

Le Lourdel resta stupéfait, interdit, comme assommé. Il tourna un instant dans la pièce, puis il fit un geste brusque :

— Décidément, murmura-t-il, j'ai été un imbécile de me jeter à travers ce monde-là!

Il ouvrit brutalement la porte et s'enfuit...

Il trouva dehors le commissaire, qui l'attendait.

— Je suis fâché, dit-il, de vous avoir dérangé pour rien...

Il le salua, monta en voiture, se fit conduire à la gare et reprit aussitôt le train pour Paris.

III

Le Lourdel arriva à la gare au moment où le train de huit heures quarante-cinq minutes allait partir. Il n'eut que le temps d'envoyer une dépêche à Madeline et de sauter en wagon.

Il avait hâte de quitter Saint-Maixent. Il sortait de chez Jeanne de Grandvilliers, de chez sa femme, vexé, humilié, tout frémissant, mécontent de lui et des autres. Il venait d'ajouter encore à la dose de mépris qu'avaient déjà pour lui Jeanne et le comte.

Quoi qu'il eût dit, il sentait qu'ils n'étaient pas coupables... C'était leur grande honnêteté qui l'avait courbé devant eux. Comme ils l'avaient bravé, raillé, bafoué !...

Se venger ?... Il n'y pensait plus... A quoi bon ? Ramènerait-il à lui cette femme qui était désormais plus loin de lui que jamais ?

Et pourtant, comme il l'aurait aimée ! Comme il eût été fier de la montrer en public, à côté de lui, dans sa calèche, plus belle, plus élégante,

plus rayonnante qu'aucune des Parisiennes de
l'allée des Acacias!... Comme il eût été heureux
de pouvoir dire à tous : Cette grande dame, cette
patricienne que vous admirez, c'est ma femme...
Mme Le Lourdel.

Rêves absurdes!... Il n'y fallait plus songer.

Le Lourdel restait, malgré ses millions, sans
relations, sans maison, sans femme, acoquiné à
une maîtresse qui devait se jouer de lui et le
tromper !

Décidément, il n'était pas fait pour plaire aux
femmes, pour être aimé !

Il secoua la tête.

— Il me reste la fortune! murmura-t-il d'un
air de défi.

Mais un nuage passa sur son front.

La fortune! ne menaçait-elle pas elle-même
de lui être infidèle, de l'abandonner?

Son étoile pâlissait terriblement. Il s'était mis
dans deux ou trois affaires qui tournaient décidément mal, très mal... Il n'était pas sans inquiétude, et par moments il voyait son horizon
borné par les murs grisâtres de Mazas.

Il y avait surtout une liquidation de Société
de Mines, dont il était administrateur, qui était
pleine d'imprévu et de menaces.

Un espoir le soutenait.

— Ils n'oseraient pas! se disait-il.

Il était devenu une puissance avec laquelle il était nécessaire de compter, et, s'il fallait quelques centaines de mille francs pour désintéresser ceux qui crieraient trop, il savait où les prendre. Il en serait quitte à bon compte. On n'agirait pas sans le prévenir... et il se tirerait toujours d'affaire.

Cette pensée, la pensée de la force que lui donnait l'argent, le rassurait, et cependant il n'était pas tout à fait tranquille... Être arrêté à son âge!... C'était la fin !

Même s'il était acquitté ensuite, il faudrait enrayer, car cela porterait un terrible coup à son crédit.

Il est vrai qu'il lui resterait de quoi se consoler, de quoi mener la vie à grandes guides encore. Néanmoins, ce serait vexant, humiliant. Il vaudrait mieux l'éviter.

Telles étaient les pensées qui agitaient le financier, pendant que le train mugissant l'emportait à travers les campagnes, dans les sifflements d'arbres qui bordaient la voie, brûlant les stations, les bourgades, dont les maisons disparaissaient dans la nuit, comme si elles avaient été enlevées par un tourbillon.

Le banquier avait hâte d'être à Paris.

14.

Il était honteux de son expédition.

Pourquoi s'était-il dérangé?

Qu'espérait-il?

Il serait donc toujours naïf!

Cette femme avait laissé mourir son père plutôt que d'être à lui. Que ne supporterait-elle pas maintenant, le comte de Montbrison revenu près d'elle? Il n'avait plus aucune prise sur elle.

Elle ne portait même pas son nom. Pourquoi se préoccupait-il d'elle et ne lui laissait-il pas vivre sa vie?

Pourquoi? Parce qu'il se disait qu'il ne voulait pas qu'un autre fût plus heureux que lui. Ce Montbrison, comme il le haïssait! s'il ne lui en avait coûté que la moitié de sa fortune!...

A quoi allait-il penser là?

Il se leva brusquement, ouvrit la portière et se mit à plonger ses regards dans l'obscurité, comptant les lumières qui ponctuaient l'ombre au loin, pour ne plus songer à rien, ni à son amour, ni à ses affaires.

Il était bien simple de se torturer ainsi! Rien de ce qui est nécessaire au bonheur ne lui manquait. Il avait de l'argent à profusion, la plus belle maîtresse de Paris, une femme que chacun enviait.

Que lui fallait-il donc encore? Qu'allait-il chercher?

Le train s'arrêta.

— Saint-Pierre-des-Corps, cria une voix dans la nuit.

On était à Tours seulement! Le tiers du voyage.

Il s'enfonça dans son coin. S'il pouvait dormir!... Mais le sommeil ne vint pas. Les pensées dansaient devant son esprit, comme la veilleuse du wagon devant ses yeux.

Au fur et à mesure qu'il approchait de Paris, une inquiétude sourde le poignait.

Quelle mauvaise nouvelle allait-il apprendre?

Quand le train entra en gare, il aperçut Madeline, tout pâle, se promenant sur le quai.

Il était trois heures du matin! Pourquoi Madeline était-il là? Il y avait donc quelque nouvelle urgente, grave?

Était-ce une simple prévenance?

Il descendit vivement.

Son secrétaire courut à lui.

— Que se passe-t-il?

— J'ai été prévenu, monsieur, qu'un mandat d'amener venait d'être lancé contre les administrateurs de la Société en liquidation.

Il devint pâle, puis il ricana.

— Et qui t'a dit cela?

— Je le tiens de source très sûre.

— Il y a huit jours que ce bruit court.

— Oui, mais aujourd'hui j'ai eu de nouveaux renseignements.

Il haussa les épaules.

— Dans tous les cas, reprit l'employé, il serait peut-être prudent que monsieur ne rentrât pas au bureau. On aurait le temps de prévenir.

Il eut un gros rire.

— Ce n'est pas mon intention.

Madeline avait pris la valise.

— Tu as une voiture?

— Non. Je n'étais pas sûr que monsieur rentrerait par ce train.

— Va en chercher une !

Le secrétaire se précipita.

Quand il revint, ramenant le fiacre :

— Quelle adresse faut-il donner, demanda-t-il?

— Avenue de Madrid.

Madeline resta hésitant.

— Est-ce que madame ?

— Quoi? fit brusquement Le Lourdel, qui regarda le jeune homme.

— Madame sait ?

— Est-ce que j'ai besoin de prévenir madame ?

répondit le banquier, qui plongea ses yeux dans ceux de son employé, comme pour lire dans sa pensée.

Madeline ne répondit pas.

Il s'était empressé de jeter l'adresse au cocher et d'ouvrir la portière pour se donner une contenance.

Pendant le trajet, Le Lourdel resta silencieux.

Une sorte de rage froide le possédait.

Il avait bien saisi le sens de la question de Madeline.

Est-ce que là aussi il serait trompé ?

Ah ! cette fois les choses ne se passeraient pas comme elles venaient de se passer !

Là il était le maître. Il payait ! Il ne se laisserait pas intimider et déconcerter. Il serait terrible, d'autant plus terrible qu'il avait toute sa colère rentrée à écouler.

Madeline n'osait plus dire un mot, très inquiet, renseigné suffisamment sans doute sur la fidélité de Zora pour croire qu'il était au moins imprudent de la surprendre ainsi.

Quand le fiacre s'arrêta devant l'hôtel, le jeune homme voulut courir devant, sonner, afin qu'on eût le temps, en cas d'alerte, de se mettre en mesure ; mais Le Lourdel, qui avait sans doute deviné sa pensée, le saisit rudement par le bras.

— Remonte dans le fiacre, et rentre. Sois de bonne heure au bureau demain, et s'il se passe quelque chose d'extraordinaire...

— Soyez tranquille, je vous préviendrai...

La voiture s'éloigna, emmenant Madeline, et Le Lourdel resta seul devant la porte de l'hôtel.

Il n'y avait aucune lumière dans la maison. Aucune lumière n'apparaissait aux fenêtres des maisons voisines.

L'avenue était silencieuse et déserte...

L'extrémité seulement était éclairée par la lumière solitaire d'un bec de gaz que le vent du matin faisait vaciller.

Le ciel commençait à s'éclaircir à l'horizon.

Le Lourdel prit une clef qu'il avait dans sa poche et ouvrit la porte d'entrée le plus doucement qu'il put.

Le concierge ne se réveilla pas.

Il traversa le petit jardin qui précédait l'hôtel, monta le perron, sous la marquise, ouvrit l'autre porte et s'engagea dans les appartements.

Il était à peine sorti du vestibule qu'il fut arrêté par des cris terribles.

C'était la femme de chambre, qui couchait dans un cabinet près de la chambre de madame, qui venait de s'éveiller.

Le Lourdel lui saisit le bras brutalement.

— Tais-toi! dit-il, c'est moi!

Mais la servante hurlait de plus belle, sans doute pour prévenir sa maîtresse.

— Te tairas-tu! clama Le Lourdel, furieux.

Il bouscula la femme, qui s'accrochait à lui, et essaya d'ouvrir la chambre à coucher.

La porte était fermée.

Il y avait dans la pièce un grand mouvement, un va-et-vient affolé.

— Ouvrez, madame! cria Le Lourdel.

On ne répondit pas.

Des lumières paraissaient aux fenêtres d'en haut, chez les domestiques.

Dans la loge du concierge, on voyait une lueur s'agiter.

Des battements de porte s'entendaient.

Le banquier ne se possédait plus.

D'un coup d'épaule, il donna une poussée formidable.

Le bois cria, mais la serrure résista.

Il recommença, les forces décuplées par la rage. Un craquement terrible se fit et les planches s'effondrèrent.

Zora, en chemise, effarée, se jeta au-devant de son amant.

— Eh! quoi, c'est toi, à cette heure!

— Où est-il? dit Le Lourdel sans répondre.

Il la jeta de côté et se dirigea vers le cabinet de toilette.

Il trouva, blotti sous la table, un grand gaillard au teint cuivré, la figure traversée de moustaches farouches, qui le regardait d'un air plus étonné qu'effrayé.

— Brigand! cria-t-il, et il se précipitait les poings fermés.

Zora, qui l'avait suivi, le retint par l'épaule.

— C'est inutile de l'injurier, il ne sait pas un mot de français.

Elle prononça d'un accent guttural deux ou trois phrases à l'adresse de l'amant surpris, et celui-ci se dressa devant Le Lourdel, l'œil menaçant.

— Si vous voulez vous battre, dit Zora à Le Lourdel, il vous attend... Yoril est brave.

— Coquine! gronda le banquier.

Le Hongrois poussa un grognement.

Le Lourdel ne savait plus que penser et que faire.

Sa première idée avait été de s'éloigner, et de laisser là la femme et son amant, mais le dépit l'emporta chez lui sur la prudence.

C'était trop fort aussi! Être trompé aussi cyniquement par cette femme qu'il croyait à lui, qu'il avait comblée! Et, trompé, il l'avait été dès le premier jour ! car ce Yoril était un compatriote qu'elle avait amené avec elle.

Il avait été chassé de chez sa femme. Allait-il être mis à la porte de chez sa maîtresse ?

Zora ne pouvait pas dire qu'elle était chez elle, elle ; que les domestiques étaient payés par elle.

Tout ce qui était là avait été acheté par lui à prix d'or. Tout lui appartenait.

Une sorte de folie de colère le tenait.

— Eh bien, dit Zora, que décidez-vous ? Yoril est prêt... Yoril attend.

Le Lourdel fit un mouvement brusque.

— Eh bien, oui, dit-il, nous allons nous battre, tout de suite, dans le jardin... à mort !

Zora se tourna vers son amant et lui dit quelques mots.

Ce dernier rentra dans la chambre à coucher, très calme, chaussa ses bottes, des bottes hongroises, plissées en haut, endossa sa tunique bleue à petits boutons ronds et brillants ; puis, quand il fut vêtu, il fit un geste à Le Lourdel, comme pour lui indiquer qu'il était à sa disposition.

Le banquier sortit machinalement derrière lui, étourdi, se rendant à peine compte de ce qui se passait.

Le jour était tout à fait venu. Les oiseaux

15

commençaient à voler dans les arbres, et les
feuilles, pleines de rosée, étincelaient sous les
premiers rayons du soleil comme si elles avaient
été saupoudrées de diamants.

À l'entrée du jardin se tenait le concierge de
l'hôtel, deux épées sur les bras.

C'était un ancien soldat.

Zora l'avait fait prévenir aussitôt, très al-
lumée par l'idée de ce combat, trouvant cette
solution très drôle. Elle s'était occupée de tous
les préparatifs.

Elle ne craignait pas pour Yoril. Elle le savait
fort, elle le savait brave, et elle était heureuse
qu'il donnât une leçon au banquier, qui était
venu si inopinément troubler sa nuit.

Le concierge présenta une arme à Le Lourdel,
l'autre à l'étranger, et les trois hommes dispa-
rurent dans le fond du jardin.

Quelques instants après, on rapportait Le
Lourdel tout sanglant.

Le concierge tenait la tête et l'adversaire les
pieds.

Zora accourut, effrayée.

— C'est grave, dit le concierge.

Il y eut un échange de paroles vives entre
Yoril et elle.

Le Hongrois expliquait qu'il ne l'avait pas fait

exprès. Son ennemi ne s'était, pour ainsi dire,. pas défendu.

L'amant ne donnait, du reste, aucun signe d'émotion.

Il était solennel et grave, portant son fardeau aussi tranquillement que si rien d'extraordinaire ne s'était passé.

Le Lourdel était sans connaissance.

Aux cris de Zora, d'autres domestiques accoururent.

On transporta le blessé dans la chambre à coucher, on l'étendit sur le lit et on commença un pansement sommaire.

Le concierge était allé chercher un médecin.

Sur un signe de Zora, Yoril avait disparu.

Dix minutes environ s'écoulèrent. Le banquier avait repris connaissance... le sang était arrêté, quand on frappa à la porte de l'hôtel.

Un domestique, sorti pour aller voir ce que c'était, revint tout épouvanté.

— C'est la police ! On vient pour arrêter monsieur !

— Répondez que monsieur est mourant, fit Zora.

Elle n'avait pas achevé que les agents envahissaient la pièce par tous les côtés à la fois.

—Oui, dit l'un d'eux, nous connaissons cela...
M. Le Lourdel ne nous la fera pas deux fois...
C'est moi qui ai été chargé de l'arrêter il y a
vingt ans. Il m'a joué le tour.

Il s'approcha du lit.

— Allons, debout, farceur!

Le Lourdel tourna vers lui des yeux mou-
rants.

— Je vous assure, dit Zora, qu'il est blessé
très gravement. Regardez!

Elle souleva la couverture du lit.

— Comédie! grommela l'homme... Ce n'est
pas difficile de singer le moribond.

Et il secoua le banquier pour le faire lever.

Le Lourdel eut une sorte de ricanement.

— Oui, on ne nous croit pas sans preuves,
nous. Nous avons tant menti! Il faut des
preuves... En voici!

D'un geste brusque, il arracha les linges qui
servaient de ligature à sa blessure.

Il y eut un jet de sang, et il retomba sur l'oreiller. Il était mort!

On se regarda, épouvanté!...

FIN DE « L'AMOUR ET L'ARGENT ».

ARMANDE

I

Dans un cabinet de Bignon, avenue du Nouvel-Opéra, par une matinée de mai; le soleil, tamisé par les rideaux de dentelle, enveloppe la table d'un brouillard d'or, allumant de ses rayons, sur la cheminée, les flambeaux de bronze, dont les bobèches de cristal irisées frissonnent au passage des camions et des voitures.

Un air doux, chargé de tous les bruits de l'avenue, fait tout à coup irruption dans la pièce tranquille, au moment où un garçon ouvre la fenêtre pour descendre les stores qui éteignent, en s'abattant, la clarté trop rayonnante et trop vive.

Au même instant, par la porte entrebâillée, apparaît une jeune femme élégamment vêtue, la

voilette à points bleus rabattue sur les lèvres,
la taille mince, gantée de suède jusqu'au coude,
un chapeau orné sobrement d'une plume et de
deux roses moussues d'un rouge presque noir,
perdu dans la verdure sombre. Derrière elle
vient un jeune homme de vingt-deux ans, la
moustache cirée, les joues très sanguines, san-
glé dans une tunique de sous-lieutenant toute
neuve, les cheveux coupés ras.

Le garçon s'est retourné, a vivement donné
un coup de serviette à la table pour essuyer les
grains de poussière que le soleil avait déposés
sur la nappe d'une blancheur de neige immaculée après les avoir fait danser dans ses rayons;
puis il s'est mis à la disposition des arrivants...

Ceux-ci paraissent assez embarrassés... Le
jeune homme, qui a accroché son képi à une
patère et qui ôte ses gants blancs d'ordonnance,
est tout gauche, tout intimidé en présence de sa
compagne...

— Que mangerez-vous bien, Armande? de-
mande-t-il d'une voix craintive.

La jeune femme, qui a ôté sa voilette, ses
gants, et dont les mains blanches et fines arran-
gent devant la glace les frisons d'or qui enca-
drent son front, se retourne en souriant.

— Ce que vous voudrez, mon ami.

Son compagnon reste bouche béante, comme une statue, pendant que le garçon attend toujours, impassible, sa petite carte encadrée de vieil argent ciselé à la main...

La jeune femme est digne de cette admiration. La figure est d'une carnation splendide ; la peau, d'une blancheur lactée, sous laquelle court un sang abondant et rose ; les yeux, d'un gris d'acier, de nuance très mobile, s'éclairant quand la figure sourit et prenant une teinte plombée de ciel menaçant quand la colère agite le sein de celle qui les possède. Mais, en ce moment, ils sont d'une limpidité et d'une profondeur qui donnent le vertige, un peu mouillés, semblant contenir toute une réserve de rêves et de pensées d'amour. Le sourire d'Armande, en écartant ses lèvres sanguinolentes comme deux rideaux cachant un trésor, a laissé apparaître, dans toute leur blancheur éblouissante, des dents ou plutôt des perles d'une régularité parfaite et d'une petitesse extraordinaire.

Le garçon attend toujours.

L'officier se décide enfin à prendre la carte qu'on lui tend et à commander le menu.

Pendant ce temps, sa compagne est venue prendre place à la table, sur laquelle sont déjà disposés des crevettes rouges comme ses lèvres, des ronds de beurre d'un blond doré de paille mûrissante ou de la nuance de ses cheveux.

Elle se sert et invite son compagnon à l'imiter.

Celui-ci n'a pas encore quitté son attitude éblouie. Il n'avait vu la femme que sous sa voilette encore... C'était comme un bijou dont il n'aurait admiré que l'écrin, et, maintenant que les pierres, qui étaient les yeux, les dents, les lèvres, la chair, les cheveux de cette éblouissante parure, lui apparaissaient à nu, avec le chatoiement de leurs couleurs enivrantes, il restait comme étourdi devant ce rayonnement de trésors.

— Que vous êtes belle, Armande! ne put-il s'empêcher de murmurer.

La jeune femme sourit sans répondre, épluchant de ses doigts de fée les crevettes dont l'enveloppe laissait comme des taches sanglantes sur ses ongles tendrement rosés.

Ils s'étaient rencontrés une demi-heure auparavant sur le boulevard... Un choc... un éclair.

— Armande !

— Armand !

Puis ils s'étaient arrêtés instinctivement, aussi rougissants l'un que l'autre.

Ils se connaissaient d'enfance. Ils étaient nés

dans le même village, près de Saint-Malo, à Paramé, au bord de la mer... Puis la vie les avait
dispersés. Elle avait fait, de l'un, un officier... Et
de l'autre?... Qu'avait-elle fait de l'autre ?

Armand avait perdu la jeune fille de vue,
pauvre dans son village, et il la retrouvait à
Paris, bien mise, éblouissante, avec une tenue
et une démarche de Parisienne élégante, embellie, éblouissante.

Il lui avait fait autrefois deux doigts de cour —
une cour de collégien platonique et timide —
pendant les vacances; puis, une année, en reve-
nant au pays, il ne l'avait plus retrouvée. La
mère, une vieille pêcheuse, était morte. La jeune
fille avait disparu. Un bruit avait couru à ce
propos. On disait qu'elle avait suivi à Paris un
homme riche, un financier, qui venait à Paramé,
à la saison des bains, mais on ne pouvait rien
affirmer...

Le jeune homme avait continué ses classes,
sans plus en entendre parler, et il venait de la
retrouver là, subitement, en plein mouvement
parisien, paraissant tellement familiarisée avec
toutes les élégances de la capitale, qu'elle en
semblait une des fleurs, qu'on eût dit qu'elle avait
poussé sur son asphalte, sous le frissonnement
de ses marronniers alors épanouis, tellement

15.

elle avait dépouillé les manières gauches, la démarche rude de la fille du pêcheur...

Lui, il avait achevé ses études l'année précédente. Sorti de Saint-Cyr, avec le grade de sous-lieutenant, il avait été envoyé en garnison à Courbevoie, mais on venait de lui donner quelques jours de congé, car il allait partir pour la Cochinchine, où il devait rester deux ans. Il parcourait Paris pour ses emplettes, pour préparer son départ, quand il avait été arrêté par la rencontre imprévue de la jeune fille qui avait soulevé les premiers battements de son cœur, là-bas, dans l'air salé, tout plein du grondement des flots...

Ils étaient voisins. Elle avait quelques années de moins que lui. Il appartenait à une famille riche, et on lui avait donné son prénom, à lui, en le féminisant, parce que le choix qu'on avait fait pour lui, fils de l'homme riche qui donnait le ton aux gens du bourg, avait mis le nom d'Armand à la mode... Elle était souvent venue, pieds nus, sur les carreaux de pierre du corridor, encore toute ruisselante d'eau de mer, la jupe pleine d'algues traînantes, semblable à une naïade, avec des gouttes scintillant sur ses cheveux comme des diamants, apporter dans un petit panier des crevettes qu'elle venait

de prendre et qui grouillaient, toutes transpa-
rentes et toutes vives, avec leurs milliers de
pattes et de cornes qui se mêlaient à l'infini.

Il l'admirait déjà alors; mais combien il la
retrouvait changée, grandie, embellie!...

Le premier moment de stupeur passé, il lui
dit :

— Je ne vous aurais pas reconnue, Armande...

— Je suis changée, n'est-ce pas? avait-elle
répondu en riant.

— Vous étiez jolie déjà, mais maintenant...

— Maintenant?...

— Maintenant, vous êtes ravissante!...

— Flatteur!...

Il s'était tu, et un silence embarrassé avait
suivi ce premier jet de paroles.

Ils restaient tous les deux plantés l'un devant
l'autre, lui avec des envies et des hésitations qui
lui faisaient monter des rougeurs à la figure et
le rendaient cramoisi; elle la taille cambrée, dans
une attitude légèrement provocante et ironique.

Les passants se retournaient pour les regarder.

Il était onze heures et demie... Le boulevard
était tout baigné de soleil. Les voitures passaient sur la chaussée avec des miroitements à
leurs caisses vernies.

— Comme il y a longtemps que nous ne nous

sommes vus! murmura de nouveau l'officier. Je vous ai aimée autrefois, Armande.

— Ah! fit la jeune femme...

— Vous ne vous en êtes jamais aperçue?...

— Jamais!

— J'étais trop timide pour vous le dire...

— Avez-vous changé? demanda Armande toujours en riant.

— Hélas! murmura l'officier d'un air piteux.

— Non?...

— Non, car, si j'avais changé, je vous dirais que je vous adore, que j'ai besoin de vous parler, de vous dire...

La jeune femme eut une moue charmante.

— Traître! s'écria-t-elle, vous profitez de votre timidité pour me faire ainsi une déclaration à brûle-pourpoint, en plein boulevard.

— Pardonnez-moi! murmura le jeune homme. Cela a été plus fort que moi. A votre vue, toutes mes sensations, toutes mes adorations d'enfance me sont venues au cœur et l'ont rempli.

La jeune femme semblait réfléchir.

— Écoutez, lui dit-elle, nous ne pouvons pas causer plus longtemps ici, où tout le monde nous remarque... Invitez-moi à déjeuner.

L'officier fit un mouvement de joie.

— Ne vous réjouissez pas tout d'abord, fit

aussitôt Armande... Nous déjeunerons en amis, pour causer du pays, et c'est à cette condition-là seulement que j'accepte... Cela vous va-t-il?

Les yeux du jeune homme répondirent pour lui. Quelles conditions n'eût-il pas subies pour se trouver quelques instants avec elle, pour lui parler, lui dire ce qu'il ressentait pour elle, lui peindre la violence de l'amour qui s'était subitement réveillé en lui à son aspect, comme un feu assoupi qu'un coup de vent rallume...

Il lui offrit son bras, et ils partirent...

C'est après cette rencontre qu'ils s'attablaient dans le restaurant de l'avenue de l'Opéra.

Pendant le déjeuner elle lui raconta son histoire, arrangée à sa façon... Après la mort de sa mère, restée seule dans le pays, elle avait excité la compassion et la pitié d'un homme riche de Paris qui y venait tous les ans.

— M. Mienville? demanda Armand, qui devint pâle.

— C'est cela même, répondit-elle avec embarras. On me disait déjà compromise par lui dans le village; mais, je le jure, j'étais encore si naïve que je ne savais pas que je pouvais me faire du tort en recevant quelques bienfaits d'un homme. Lui, d'ailleurs, ne m'avait rien demandé. Il était plein d'attention et de respect.

Il me parlait seulement quelquefois de Paris,
où il voulait m'emmener. Il me faisait une des-
cription de ses splendeurs, de ses luxes, de ses
jouissances, qui me faisait venir l'eau à la bouche.
Rien ne me retenait plus dans le pays. Tout
m'en éloignait au contraire, la méchanceté des
voisines, la jalousie de mes camarades, les calomnies dont on me salissait... Je me décidai
donc à partir.

— Avec M. Mienville? demanda le jeune
homme, le cœur gros...

— Avec M. Mienville, répondit Armande.

Puis, voyant un nuage passer sur la figure de
l'officier, elle s'empressa d'ajouter :

— Oh! j'étais sage encore... Ce n'est que plus
tard...

— Enfin, vous avez été... s'écria Armand
d'un ton violent.

La jeune femme le regarda d'un air étonné.

Le lieutenant comprit qu'il était ridicule. De
quel droit lui parlait-il ainsi? Que lui importait
ce qu'avait fait cette jeune femme qu'il ne connaissait pas, qui ne lui devait aucun compte?

Il baissa la tête, tout rougissant et tout timide.

— Pardonnez-moi, balbutia-t-il, cette explosion
intempestive... N'y voyez qu'un éclair de mes
sentiments d'autrefois...

Armande secoua la tête.

— Oui, dit-elle, c'est vrai.

—Et... ensuite?... interrogea le jeune homme,
qui s'arrêta, n'osant pas aller plus loin.

— Ensuite?... fit la femme, qui semblait ne
pas comprendre...

— Aucun autre homme?

— Aucun... répondit vivement Armande.

— Aucun ne vous a dit qu'il vous aimait?

— Je n'ai donné ce droit à personne. Et personne ne l'aura jamais, sans m'épouser, répondit nettement l'ancienne pêcheuse, dont l'œil
s'éclaira.

Il y eut un moment de silence.

Armand considéra son interlocutrice.

Mille pensées, qu'il n'osait exprimer, se pressaient sur ses lèvres.

L'épouser?... Et M. Mienville?... Et le luxe
dont elle était entourée, d'où venait-il?...

Non que le jeune homme songeât à poser sa
candidature; mais, plus le repas se prolongeait,
plus il regardait sa partenaire, plus il sentait
l'amour lui entrer dans le cœur... Des flammes
chaudes le brûlaient. Toutes les ardeurs d'autrefois montaient en lui... C'était une de ces
passions qui font faire des folies qui naissait
dans son sein...

De son côté, la jeune femme songeait.

Épouser Armand, quel rêve ! Rentrer au pays comme femme légitime au bras du fils riche que les pauvresses comme elle osaient à peine regarder jadis ; faire baisser la tête à toutes ces vipères de village qui avaient sifflé autrefois autour d'elle ; les écraser de sa fortune et de ses dédains !

Elle se voyait déjà à demi châtelaine, respectée, enviée. Elle avait son banc à l'église, près de l'autel, à l'endroit même où la mère du jeune homme... Non, ce n'était pas possible ! C'était une vision trop belle !... Et si pourtant Armand allait l'aimer ?... Il était seul au monde maintenant, sans parents pour le contrarier.

Le garçon venait d'enlever les couverts pour servir le café.

Il avait déposé près de l'officier la cafetière fumante, puis une bouteille de fine champagne, sur laquelle tombait un rayon de soleil qui faisait flamber la liqueur et la rendait semblable à de l'or en fusion.

— Oui, reprit Armande, je veux être épousée maintenant... Je veux trouver un homme qui m'aime assez pour effacer mon passé d'un coup d'éponge. Et celui-là, comme il en serait récompensé, comme je l'aimerais !

En disant ces mots, elle enveloppa Armand d'un regard embrasé qui lui mit le feu dans l'âme.

Elle ajouta en souriant :

— Ce n'est pas pour vous, monsieur Armand, que je dis cela ; je sais trop combien nous sommes loin l'un de l'autre...

Le jeune officier avait fait un mouvement... .

— Et pourquoi donc ?

— Vous, m'épouser !... Vous me le promettriez que je ne le croirais pas...

Armand protesta d'un geste.

Elle reprit :

— Et le pays ? que dirait-on au pays ? La fille de la grande Martine épouser...

Elle éclata de rire.

— Eh ! je me moque bien du pays !... fit Armand en haussant les épaules... Et s'il n'y avait que le pays !... Ne suis-je pas libre ?

— Malheureusement, dit la jeune femme, il y a autre chose que le pays, et c'est aujourd'hui, pour la première fois, après ce que vous venez de me dire, que je regrette de n'être pas digne de vous, de n'être pas pure... Mais ce qui est fait est fait, n'y pensons plus !

Elle se leva.

— Vous allez me quitter ? s'écria Armand, le cœur serré.

— Vous m'avez invitée à déjeuner; notre déjeuner est terminé... Vous n'avez pas de cour à me faire... car je n'accepterais pas vos hommages... séparons-nous !

Elle s'était approchée de la glace... Elle fourrageait ses cheveux... posait sa voilette.

L'officier la contemplait, littéralement à la torture.

De temps à autre, il passait sur son front une main égarée pour chasser une pensée qui l'obsédait.

— Ainsi, murmura-t-il, nous ne nous verrons plus?

— A quoi bon? fit-elle tranquillement... D'ailleurs, vous allez voyager, m'avez-vous dit?...

— Mais quand je reviendrai?...

Elle fit un geste d'indifférence.

— Oh! quand vous reviendrez!...

Puis, elle ajouta en riant :

— Je serai peut-être mariée; par conséquent...

L'officier se leva d'un bond.

— Mariée?... dit-il... A un autre, vous?

Armande sourit.

— Eh bien, qu'est-ce qui vous prend?

Le jeune homme tomba à genoux.

— Tenez, Armande, s'écria-t-il, je vous ai dit que je vous avais aimée autrefois... Ce n'était

rien en comparaison de ce que je ressens aujourd'hui. Votre vue m'a ensorcelé, rendu fou!...
Je vous aime dix fois comme je vous aimais, et
je sens que je serais capable de faire toutes les
folies...

— Même de m'épouser?...

Le sous-lieutenant inclina la tête.

— Ce n'est pas aimable, ce que vous me
dites là... Ce serait donc une folie?...

Il lui prit les mains d'un air éperdu :

— Je ne sais plus ce que je dis... Pardonnez-moi et cessez de plaisanter. Quittez cet air
gouailleur qui me torture, qui me déchire le
cœur! Oui, je vous donnerais mon nom, si
l'homme qui vous a séduite... si je n'étais pas,
enfin, exposé quelque jour, vous tenant à mon
bras, à me croiser avec lui.

La jeune femme releva l'officier, et prenant
un air solennel :

— Écoutez-moi, dit-elle... Cet homme, je
vous le jure, n'est plus rien pour moi... Nous
ne nous voyons plus...

— Tant qu'il vivra... commença énergiquement Armand...

Il n'acheva pas sa phrase.

— Il ne vivra pas longtemps, dit la jeune
femme. Il est condamné par les médecins et il

vient de partir pour le Midi... Dans deux ans,
quand vous serez de retour...

— S'il est mort, je vous le jure, je vous de-
manderai votre main, dit l'officier, hors de lui...
Et, s'il n'est pas mort et que vous me promet-
tiez d'attendre, eh bien, j'attendrai aussi... Au
lendemain de sa mort, je vous épouserai... Ce
sera comme si vous deveniez veuve...

— Vous me le jurez?

— Je vous le jure. Mais vous allez rendre
à cet homme tout ce que vous tenez de lui...

— Sur l'heure et sans regret.

— C'est moi qui pourvoirai à vos besoins
jusqu'au jour...

Armande lui sauta au cou.

— Oh! comme je vous aimerai, s'écria-t-elle,
ivre de joie.

Il l'éloigna du geste.

— Maintenant partez, dit-il, car je ne serais
pas maître de moi.

Elle avait mis son chapeau. Elle s'éloigna
lestement, et toute heureuse, et toute vive, pendant que l'officier, l'oreille pleine des froufrous
de sa robe, se laissait choir sur le canapé du
restaurant en murmurant :

— C'est le bonheur de ma vie que je viens de
jouer d'un coup de dés.

II

Deux ans après...

Par une rayonnante matinée de juin, un coupé de louage s'arrête dans la rue d'Amsterdam, — devant la cour qui précède la sortie de la gare de l'Ouest, dont le portail est encore fermé...

Il est cinq heures et demie...

Une jeune femme, que nous reconnaissons aussitôt, et qui n'est autre qu'Armande, descend de la voiture.

Elle est vêtue d'une toilette sombre, mais de bonne coupe... Sa taille semble avoir grossi un peu depuis que nous l'avons vue. Elle est plus formée, plus femme...

Une voilette, tombant d'un chapeau sans fleurs, cache sa figure, mais ne parvient pas à éteindre l'éclat de ses yeux, qui rayonnent de contentement.

La rue est encore déserte... Des balayeurs la zèbrent de grands coups de balai, soulevant des nuages de poussière qui vont s'évaporant dans l'air frais...

Les portes des maisons sont closes, sauf celles des marchands de vins, sur le seuil desquelles des garçons, le tablier relevé d'un côté, la tête ébouriffée, bâillent à se décrocher la mâchoire.

Le ciel est d'un azur clair, transparent ; les rayons du soleil sont blonds comme la paille du blé qui mûrit...

L'air est délicieux... Il fait rêver à la campagne, aux prés fleuris, aux branches d'arbres fléchissant sous le poids d'une verdure en son plein épanouissement, aux champs de blé qui bruissent sous le vent...

Au loin, le murmure de Paris qui commence à gronder du côté des Halles, et plus près des coups de sifflet aigus et des mugissements de machines que l'on installe sur les rails, prêtes à partir, à s'éloigner dans un cliquetis de fonte, avec leur chevelure de fumée, traînant derrière elles...

Après avoir un instant regardé et écouté ce spectacle de Paris s'éveillant, la jeune femme dit quelques mots au cocher, et pénètre dans la cour.

En même temps des employés font tourner sur

leurs gonds les larges battants de l'entrée, et le coupé peut s'y engager aussi.

Les portes de sortie viennent de s'ouvrir.

Deux employés se tiennent de chaque côté.

— Le train de Cherbourg ? demande Armande.

— Il entre en gare, madame...

La jeune femme fait un mouvement de joie imperceptible.

Elle va le voir... Il est là !... Quelle agréable surprise elle va lui faire ! Il ne l'attend sûrement pas à cette heure matinale.

A ce moment, deux ou trois coups de sifflet déchirent l'air... la vapeur s'échappe par saccades en soufflant... les roues tintent sur les rails...

C'est le train...

Trois ou quatre personnes attendent avec Armande et se tiennent à la porte bordant le quai, à côté d'elle...

La file des wagons, qu'on a vu venir en serpentant, doucement, comme s'ils craignaient de faire du bruit, est devenue immobile.

Les portières s'ouvrent brusquement, avec des claquements secs; puis les voyageurs descendent, les bras chargés de couvertures, de foulards, des valises à la main...

Ceux qui attendent sont là, les yeux tendus,

embrassant toutes les voitures à la fois ; puis, de
de temps à autre, un tressaillement, un cri se
produit :

— C'est lui !... C'est elle !...

Et on s'éloigne ; on n'a plus besoin de regarder...

On marche pour tromper son impatience.

Les arrivants couvrent le quai ; les uns
accourent vivement ; les autres s'avancent lentement, sans se presser...

Un nuage passe sur le front d'Armande.

— Il n'est pas là !...

Elle fait un geste de dépit ; mais tout à coup
une exclamation de surprise lui échappe...

— Armand !...

Le jeune homme est, en effet, devant elle...
Elle ne l'avait pas reconnu de loin.

Il est si changé !...

Il est en civil, la tête enfoncée dans une cas-
quette de voyage... Son teint est hâlé, brûlé...
Ses pommettes, jadis roses et pleines, sont bru-
nies, osseuses... On dirait que le climat l'a
fondu et calciné...

Du premier coup d'œil il a aperçu Armande...

Elle lui paraît plus belle que jamais, le teint
plus frais, les joues plus grasses.

Ses bras s'ouvrent... de lui-même...

— Armande !

Les deux amoureux restent un instant immo-
biles, silencieux, comme en extase... Puis les
questions se pressent. Ils ont tant de choses à
se dire depuis deux ans !...

Bien qu'ils se soient écrit régulièrement, il y
a mille détails qu'elle ne pouvait pas mettre
dans une lettre...

Et sa maladie ! Comme il a dû souffrir ! Il est
encore tout pâle. Oh ! que n'était-elle là-bas
pour le soigner, le dorloter... Il aurait guéri
plus vite !...

Il a obtenu un congé de trois mois, un congé
de convalescence. Mais, ça va très bien... Il
est déjà fort...

— Le voyage ne vous a pas fatigué ?

— Du tout.

— C'est si loin, pourtant !

— La mer a été bonne !

Et elle, qu'est-elle devenue ? Comment a-t-elle
vécu ?...

Toute seule, toute triste, en pensant à lui !

Son image n'a pas quitté son chevet.

— Tu m'aimes donc un peu ?

— Je t'adore maintenant...

Mais on vient les interrompre. Il faut s'occuper des bagages.

16

Au moment où il va passer dans la salle :

— Vous savez ?

— Quoi ?

— Il est mort.

— M. Mienville ?

— Il y a quinze jours... On dirait qu'il l'a fait exprès.

Elle lui tend un journal.

Il y jette distraitement un coup d'œil.

« Nous apprenons avec regret, lit-il, la mort d'un banquier bien connu à Paris, M. Mienville, qui a succombé, hier soir, à la maladie de langueur dont il souffrait. »

Il rend la feuille sans mot dire et passe dans la salle.

Les bagages sont chargés sur un petit omnibus que le cocher a retenu.

— Vous irez à l'hôtel d'Albe, commande la jeune femme.

— Puis, se tournant vers Armand :

— Je vous ai retenu une chambre là. Vous serez tout près de chez moi... j'habite rue Bassano... je viendrai déjeuner et dîner avec vous. Oh ! comme je me suis ennuyée toute seule !

Armand la regarde avec admiration, avec extase.

Elle est plus belle que jamais, les yeux plus

brillants, les lèvres plus roses... la peau plus fraîche...

— A quoi pensez-vous? demande-t-elle, épanouie...

— A rien ; j'aime !

Tous les deux frémissent, les nerfs tendus, les yeux mouillés...

Le coupé file à travers les rues qui s'éveillent.

— Pas de folies, dit-elle... Vous savez ce qui est convenu.

— Oh! je ne l'ai pas oublié...

Une sensation étrange l'a effleuré, comme un frisson de froid, mais il se remet aussitôt et n'en laisse rien paraître...

— Je vous ai attendu, reprend-elle.

— Je n'ai qu'une parole, répond Armand...

Et un silence se fait, jusqu'à ce que la voiture stoppe dans l'avenue de l'Alma, devant l'hôtel d'Albe.

— Dès que vous serez reposé, vous viendrez me voir, fait la jeune femme, 54, rue Bassano, à deux pas, l'entresol... Vous verrez comme j'ai arrangé ça pour vous attendre... Un petit nid où nous serons heureux tous les deux comme deux oiseaux qui s'aiment...

Quand Armand fut seul, il chercha à analyser son impression.

Certes, Armande était toujours aussi belle, il l'aimait dix fois plus qu'au départ. Il la retrouvait telle qu'il l'avait rêvée.

Il n'avait pas cessé de penser à elle... Son image l'avait poursuivi, obsédé.

Il eût donné il ne savait quoi, tout ce qu'il possédait, la moitié de son sang, pour pouvoir rentrer en France, la voir, la presser dans ses bras, l'épouser.

Il était rentré... il la retrouvait fidèle, l'aimant, prête à être toute à lui... Il n'avait plus qu'un mot à dire, et au lieu de la joie immense, surhumaine, que cette sûreté de la possession devait lui apporter, voilà qu'il sentait en lui comme un creux, comme un vide.

Elle s'était trop hâtée de lui rappeler sa promesse.

Parbleu! il savait bien à quoi il s'était engagé!... Il n'avait pas l'idée de la tromper!...

Mais cette précipitation qu'elle avait mise à lui montrer le journal, à lui annoncer la disparition du seul obstacle qui s'opposait à leur mariage, lui avait déplu.

Elle ne l'aimait donc pas tout à fait pour lui-même, comme lui?

Il y avait donc chez elle une arrière-pensée d'ambition, d'orgueil, d'avarice peut-être?

Il chercha vainement à secouer ces pensées et à s'endormir; mais il n'y put parvenir. Malgré sa fatigue, le sommeil le fuyait. Il sauta à bas de son lit, s'habilla, et il se disposait à sortir quand on frappa légèrement à sa porte.

Il alla ouvrir.

C'était elle!

Elle avait changé de toilette. Elle avait revêtu une robe de surah qui rendait sa taille plus svelte, plus légère... Un grand chapeau Rembrandt mettait de l'ombre sur l'éblouissement de sa figure, apaisait le feu des yeux.

— C'est moi, dit-elle en souriant... Au risque de me compromettre, je suis venue, puisque vous ne veniez pas.

— Je finis de m'habiller.

— Comme vous avez été long! Je ne tenais plus en place... Après deux ans d'attente, vous comprenez...

Il lui prit les mains.

— Vous m'aimez donc réellement?

Elle le regarda.

— Est-ce que vous en auriez douté? demanda-t-elle très naïvement.

Il resta embarrassé, cherchant ses mots...

— Non, balbutia-t-il...

16.

— Non, mais de mauvaises pensées vous sont venues.

Il baissa les yeux, rougissant.

— Avouez, fit-elle, avouez tout! N'hésitez pas!

Elle ajouta d'un air bon enfant :

— Si je ne vous avais pas aimé, qui me forçait à vous attendre? Il y a longtemps que je serais mariée... On m'a demandé dix fois ma main après votre départ, et sans conditions...

Il eut un frémissement de fureur.

— Quelqu'un a osé?...

— Oh! ce n'a pas été long!... reprit-elle toujours souriante. Les pauvres gens!... Il ne faut pas en être jaloux...

— Si je savais!... bégaya-t-il.

Elle l'apaisait, l'étourdissant de caresses et de baisers.

Puis elle lui proposa de sortir en voiture... de voir le Bois avant dîner... C'était l'heure... Et il faisait si bon!...

Il fit tout ce qu'elle voulut...

Cinq semaines après, ils étaient mariés...

III

La lune de miel dura un mois, dont toutes les minutes furent des baisers.

Elle l'avait entraîné à Paramé, où elle s'était montrée à son bras dans tout l'éblouissement de son orgueil; puis ils allèrent enfouir leur bonheur dans une ferme qu'il possédait dans le Poitou, sur les confins de la Vienne et des Deux-Sèvres, dans un pays tout vert et tout frissonnant, sillonné de haies vives sur lesquelles semblait pleuvoir chaque matin la neige embaumée des aubépines.

Les vallées étaient pleines de chansons, ombragées par le feuillage bronzé des noyers, et sur le sommet des châteaux grisâtres les ceps de vigne noirs formaient comme des alphabets hébraïques. Sur les versants, des carrés de terre, chargés de récoltes variées, ressemblaient de loin à des échantillons d'étoffes multicolores... Un pays divin, où les haleines de

vent sont douces comme des caresses, et chargées d'émanations embaumées.

La rivière coulait sournoisement sous un lit
de pampres verts, dans un frémissement de
feuilles claires de peuplier, miroitantes et lé-
gères.

Le ciel fut constamment bleu, d'un bleu lim-
pide et profond comme leur amour.

Ils auraient voulu rester toujours là, mais
Armand fut rappelé à Paris.

Ils partirent tous les deux.

La journée du voyage fut encore une journée charmante.

Ils avaient loué un coupé, et, la tête à la
portière, la main dans la main, ils regardaient
ces terres riches, crevant de moissons et de
fruits, du Poitou, de la Touraine, du Blésois,
de l'Orléanais et de la Beauce, qui semblaient
dérouler devant eux, dans un déploiement rapide, pour les faire admirer, toutes leurs splendeurs et toutes leurs richesses.

La campagne paraissait vivante, animée, sous
les souffles de brise qui passaient par inter-
valles, échevelant les arbres, courbant les prés
pailletés de fleurs jaunes ou blanches, les champs
de blé sombre.

Puis ils virent la Vienne, la Loire, aller se

perdre dans les terres, où elles semblaient, avec
l'illusion produite par la vitesse du train, glisser
sinueusement comme d'énormes serpents, le
dos chargé, sous le soleil, de miroitements et
d'étincelles.

En approchant de Paris, les maisons avaient
l'air de se presser autour de la ligne, comme
une volée de poussins, de plus en plus rappro-
chées et hautes, jusqu'à ce qu'enfin il n'y eût
plus ni terres rouges ni verdures, rien que le
gris uniforme des bâtiments.

On entrait en gare. Les roues de fonte sonnaient sur les rails. Des sifflements aigus déchiraient l'air, un brouhaha confus... Des ar-
mées d'employés enjambant les voies... comme
une inondation de wagons. C'était Paris.

Il y avait deux jours environ qu'Armand et
Armande étaient revenus, quand le jeune officier, qui lisait au pied du lit où sa femme venait de s'étendre un journal du soir, fit tout à
coup un soubresaut violent.

Armande, qui sommeillait presque, ouvrit
les yeux brusquement.

— Qu'y a-t-il?

Son mari ne répondit pas tout de suite. Il
semblait devenu aphone, tellement sa surprise
avait été grande.

— Voilà qui est curieux! murmura-t-il machinalement, au bout d'un instant.

La feuille lui était échappée des mains.

— Mais quoi?... demanda de nouveau la jeune femme.

— On dit que M. Mienville aurait été empoisonné.

Armande s'était dressée sur son lit.

Elle était devenue pâle comme ses draps.

— Quelle plaisanterie!... ricana-t-elle.

— Malheureusement cela ne paraît pas être une plaisanterie, murmura le mari, sans remarquer l'air au moins étrange de sa femme. C'est très sérieux...

— Un homme qui était condamné par les médecins depuis deux ans! poursuivit Armande.

— La maladie se prolongeait encore trop, sans doute, dit le mari, au gré de certaines personnes... M. Mienville était riche... On guettait l'héritage avec impatience...

— On soupçonne quelqu'un?

— Le journal n'en parle pas.

— Comment a-t-on su?... interrogea Armande...

— C'est une bonne qui a trop parlé...

— Une complice?

— Non... Mais elle ne se gênait pas pour

raconter à ses voisins une aventure assez
mystérieuse qui serait arrivée quelque temps
avant la mort du banquier. Une femme très
voilée qui aurait pénétré dans la chambre...

Armande était maintenant debout sur le lit.
Ses yeux suaient l'épouvante et l'angoisse. Elle
se mordait les lèvres pour ne pas crier, et tendait ses nerfs à les rompre pour que leur tremblement n'attirât pas l'attention de son mari.

Ce dernier, du reste, était trop absorbé pour
rien remarquer...

La femme brûlait du désir de tout connaître,
mais elle n'osait pas interroger.

Ses mains se tendaient comme attirées vers la
feuille glissée à terre, aux pieds d'Armand.

Ah! si celui-ci avait pu s'éloigner, la laisser
seule un instant!...

Un silence lourd s'était fait... On entendait
dans la chambre le tintement régulier de la
pendule, qui semblait l'emplir de bruit, tant le
calme était profond. De temps à autre, le passage
d'une voiture secouait la fenêtre, faisant frémir
les vitres.

M. Mienville empoisonné... Le crime décou-
vert... La justice saisie!..

A cette pensée, des frissons glacés couraient
par tout le corps d'Armande, plissant sa chair,

comme la première gelée rude ride une rivière.

Le mari ne disait plus rien, comme abîmé dans ses réflexions.

A quoi songeait-il ? Quelles pensées la nouvelle qu'il venait de lire avait-elle fait passer sur son front ?...

Cela devait le toucher peu... Que lui importaient M. Mienville et la façon dont il était mort ?

Les minutes semblaient à Armande longues comme des siècles, pesantes comme du plomb...

Une épouvante tragique l'empoignait à la gorge. Son regard ne pouvait se détacher du journal écroulé à terre et qui semblait tout frissonnant encore, tout palpitant du crime révélé.

Armande avait besoin de savoir, d'être renseignée au plus vite.

Elle refoula son émotion et prit un air indifférent pour demander à son mari ce que l'on avait appris, ce que l'on racontait.

L'officier lut le *fait divers* et, quand il eut fini, le lit remuait, tellement Armande était secouée par le tremblement involontaire qui s'était emparé d'elle. Armand ne s'était aperçu de rien et se coucha comme d'habitude.

Vers la fin de la nuit, il s'éveilla en sursaut, épouvanté, le corps baigné d'une sueur froide,

la gorge pleine de cris de terreur inarticulés qui
l'étranglaient.

Armande, qui ne dormait pas et dont les yeux
secs ardaient à côté de lui, dans les ténèbres,
lui saisit vivement la main.

Cette main était froide, toute moite.

— Qu'as-tu? murmura-t-elle, effrayée.

Il s'agita d'un air égaré, sans répondre...

Les premières lueurs du jour commençaient
à se montrer au haut des fenêtres... Les objets
apparaissaient blafards, comme dans une pénombre.

— Es-tu malade? interrogea de nouveau
Armande.

Une exclamation sortit enfin de la gorge de
son mari.

— Oh! c'est horrible!

Sa femme le secoua, effrayée.

— Mais qu'as-tu? Réponds-moi... Tu me fais
peur!...

— Oh! ce n'est rien!... un cauchemar...
Est-ce bête!

Il portait les mains autour de lui, comme pour
s'assurer qu'il était éveillé, qu'il ne rêvait plus.

— Un rêve! dit Armande.

— Un rêve affreux!... C'est ce que nous
avons lu hier soir avant de nous endormir.

17

Il raconta son rêve innocemment.

Il avait été reveillé un matin par des coups frappés à la porte.

Il s'était levé en sursaut...

C'était pour une communication urgente.

On lui avait passé par l'entrebâillement une carte, celle du commissaire de police.

Il s'était habillé hâtivement et s'était rendu dans le salon, où il avait reçu le personnage officiel, très intrigué.

Cet homme venait le prévenir qu'on aurait besoin d'Armande dans la journée, pour la confronter avec le cadavre de M. Mienville...

On ne la soupçonnait pas... C'était une simple formalité...

Quand il avait fait part à sa femme de cette mission, il avait trouvé celle-ci tellement livide qu'il en avait été effrayé.

A ce moment, il regarda Armande et faillit pousser un cri d'effroi.

Elle avait réellement la tête qu'il lui avait vue dans son rêve, toute blanche de terreur, les yeux fixes et ardents, la peau frissonnante.

Il fit un mouvement de stupeur. Il allait témoigner son étonnement.

— Continue, dit la jeune femme vivement, pour cacher son trouble.

Il reprit docilement son récit :

Quand il était rentré dans la chambre, Armande l'avait interrogé avidement, fiévreusement.

— Qui avait-il vu? Que lui voulait-on? Que signifiait?

— On est venu me prévenir, avait-il répondu, qu'on allait te confronter...

Là-dessus Armande l'avait regardé avec une expression de terreur éperdue.

Elle avait sauté à bas du lit, effarée.

— Me confronter, moi! s'était-elle écriée.

— Oui.

— Pourquoi?... On me soupçonne donc?... Je n'ai pas vu cet homme.

Elle se pendait à son cou, comme si elle avait voulu trouver une protection, un appui.

— Je ne l'ai pas revu! je te le jure! Tu me croiras, toi!

Il avait desserré de son cou ses bras, qui l'étranglaient, fort surpris de cet émoi...

— Mais on ne te soupçonne pas, avait-il répondu. Qu'as-tu?

Elle avait reculé néanmoins vers le milieu de la chambre, hors d'elle.

— Je n'irai pas!... Je ne veux pas revoir cet homme, même mort!

Puis, avant qu'il fût revenu de sa stupeur, elle avait repris, avec volubilité, les yeux dardés devant elle, dans une terreur inouïe :

— Ne me contrains pas à cela! Fuyons, fuyons, n'importe où! Au bout du monde. Nous pouvons nous aimer partout! Je m'enfouirai en toi, mais je ne veux pas le voir! Si tu m'aimes encore, ne permets pas qu'on m'entraine là!... Emmène-moi, emporte-moi!...

En prononçant ces mots, elle avait les yeux égarés, comme perdue, comme folle.

Il la contemplait, anéanti.

Un soupçon, un soupçon terrible était descendu en lui!

Il l'avait regardée fixement et elle avait baissé les yeux... Puis il lui avait pris la main et son pouls sautait tellement qu'il en avait été épouvanté.

A cet endroit du récit, Armande cacha vivement ses bras sous les draps.

Elle avait pris, près de son mari, l'immobilité d'une statue, mais ses yeux brûlaient... On eût dit, dans l'ombre, des yeux de loup, tant leur éclat était intense.

Le silence était profond, pesant, avec le bruit du balancier de la pendule, qui semblait faucher le temps.

L'ombre fuyait. La clarté du matin, combattue encore par l'épaisseur des rideaux, s'étendait peu à peu dans la chambre, comme délayée par un pinceau invisible.

Armande semblait séchée de terreur.

Était-ce étrange, ce rêve !...

Son mari poursuivit.

Il tenait toujours, raconta-t-il, la main de sa femme, essayant de la rassurer...

— Fuir, c'est s'avouer coupable, avait-il murmuré. — Nous ne pouvons pas fuir si tu es innocente.

Armande s'était de nouveau cabrée.

— Je ne veux pas aller là, je ne veux pas voir ce cadavre !

Il lui avait saisi le poignet et l'avait couchée à ses pieds, terrrible.

— Malheureuse ! avait-il crié.

Puis il s'était arrêté, suffoqué par l'horreur, et, se cachant la tête dans ses mains, il avait éclaté en sanglots.

Sa femme s'était alors jetée sur lui. Elle lui avait écarté les mains, elle avait bu ses larmes.

— Mais qu'as-tu ? que penses-tu ? pourquoi pleures-tu ? Est-ce que tu t'imagines ?...

Elle criait dans une grande angoisse :

— Armand ! Armand ! reviens à toi. Tu me

soupçonnes donc ? tu as cru ?... C'était la vue seule de ce cadavre qui me répugnait. Je ne voulais pas le voir, mais je suis innocente, je te le jure! Innocente, entends-tu! Je suis prête à t'accompagner, à aller avec toi. Partons! J'ai hâte d'arriver maintenant.

Il s'était senti consolé. Il l'avait saisie dans ses bras, la couvrant de baisers éperdus.

—Malheureux! malheureux! bégayait-il, j'ai tué mon amour. Tu ne me pardonneras jamais de t'avoir soupçonnée.

Elle l'avait pressé de s'habiller... et ils étaient partis.

Arrivé là, Armand s'arrêta.

Il regarda sa femme.

Celle-ci était haletante, suffoquée.

— C'est tout ? demanda-t-elle la gorge sèche.

— Oh! non, ce n'est pas le plus horrible, répondit-il.

Il effleura d'un baiser le front d'Armande.

— Mais ne vas pas croire... dit-il. Ce n'est qu'un rêve, tout cela... Je ne sais pas pourquoi je te le raconte. Je ferais mieux...

— Si, si, dis-moi tout, fit-elle d'une voix basse comme un souffle.

Armand restait indécis.

— C'est que nous entrons maintenant en pleine horreur.

— Que m'importe? murmura-t-elle, puisque ce n'est qu'un rêve.

— Est-ce ridicule! ajouta-t-il en haussant les épaules.

Il poursuivit son récit...

C'est dans une salle de la Morgue qu'il avait été transporté... Elle était encore devant ses yeux comme s'il l'avait réellement vue... avec ses murs froids, sans papier, son carreau ruisselant, le jour louche tombant d'une fenêtre à tabatière... Au milieu, sur une table de zinc, un cadavre était étendu, avec du linge, des éponges, des vases désinfectants, les viscères hors du corps, disséminés dans des bocaux. Du sang et de la sciure çà et là, des os verdâtres sans chair... Un spectacle affreux, horrible, à donner le frisson et la fièvre.

Debout, de chaque côté de la table, deux garçons se tenaient avec de grands tabliers de chirurgien... puis deux messieurs qu'il ne connaissait pas, en redingote, le chapeau sur la tête.

Dans le fond de la salle, les yeux écarquillés par l'horreur, était aussi une femme, l'ancienne bonne de M. Mienville, celle qui avait parlé de la femme voilée.

Quand ils étaient entrés, un mouvement s'était produit parmi les personnages.

La servante s'était avancée aussitôt.

— C'est elle! avait-elle fait en montrant Armande du doigt.

Celle-ci avait protesté avec indignation, hautement.

Lui-même s'était approché pour défendre sa femme ; mais la bonne insistait.

— Je reconnais sa taille, sa démarche, criait-t-elle. La figure, je ne l'ai pas vue, je ne puis pas dire.

Il allait ouvrir la bouche, pour repousser avec indignation cette épouvantable accusation, quand le cadavre s'était dressé sur la table de zinc, éventré, déchiqueté, terrible.

— Oui, c'est elle! c'est elle! Cette femme ne ment pas.

Armande était tombée évanouie et il s'était éveillé.

Il se tourna vers sa femme, comme pour lui demander pardon de lui avoir raconté ce terrible cauchemar, quand il sentit en lui une sensation telle qu'elle lui enleva la parole et presque le sentiment.

Armande, les yeux fixes, agrandis par la terreur, était sans mouvement, mordant ses draps pour ne pas crier.

Il la secoua vivement, très effrayé.

— Qu'as-tu?

Il lui prit la main.

Elle était glacée.

Tout le corps semblait raidi.

— Es-tu malade? Réponds-moi! s'écria-t-il, effaré, lui pressant les mains.

Elle allait ouvrir la bouche, prononcer quelques paroles peut-être, quand on frappa violemment à la porte.

— Au nom de la loi, ouvrez!

Ils se regardèrent une seconde, sans parler, puis elle poussa un cri rauque et s'enfonça sous les draps, pendant qu'il cherchait ses vêtements, la tête perdue, sans les trouver.

17.

V

Quand Armand rentra dans sa chambre à coucher, au bout d'une demi-heure qui avait paru à sa femme longue comme une nuit d'agonie, il avait la figure tellement décomposée qu'Armande recula, effrayée.

Dans l'intervalle, elle s'était habillée machinalement, et elle était debout dans la pièce, les cheveux encore épars, avec des lueurs tragiques dans les yeux et des frissons courant sur sa peau, comme des lumières phosphorescentes.

Elle s'était remise un peu.

Il y avait sur son front de l'audace et presque de la menace.

Les nerfs affaissés s'étaient tendus brusquement. Elle était toute droite, semblant plus grande que d'habitude, toujours blanche comme un marbre.

Il s'était dirigé, sans dire un mot, vers un petit meuble d'où il tira un revolver.

Elle le regardait faire comme dans un accès de somnambulisme.

Il lui faisait l'effet d'une ombre.

Elle allait l'interroger, quand il lui présenta l'arme.

— Tu vas te tuer, n'est-ce pas? dit-il d'une voix calme.

Elle recula avec un cri, comme si un serpent s'était dressé devant elle tout à coup.

— Me tuer? quelle fantaisie!

Il la regarda fixement.

— Aimes-tu mieux, cria-t-il, sortir d'ici en criminelle, avec la honte et l'ignominie autour de nous?

Elle le fixa aussi avec défi.

Ah çà! devenait-il fou? que signifiait?

Il lui prit les mains, la courba sous lui, comme dans son rêve, et tout bas, dans l'oreille, d'une voix frémissante :

— On vient pour t'arrêter...

Elle voulut faire un mouvement pour nier, protester.

Il poursuivit, la maintenant :

— C'est inutile de chercher à mentir!... Tu es coupable, tu t'es vendue toi-même tout à l'heure. D'ailleurs, on sait tout... On a retrouvé le brouillon de la lettre qu'il t'a écrite... On sait qui a porté cette lettre. L'homme est à la disposition du parquet, comme témoin... La bonne sait que c'est toi qui es venue. C'est toi, la femme voilée.

Elle poussa un cri rauque, se débattit, cherchant à s'échapper.

Il continua, la tenant toujours agenouillée :

— Tu es perdue... C'est à grand'peine que j'ai obtenu dix minutes... Profites-en !

Il lui tendit de nouveau le revolver.

Elle le repoussa.

— Et toi? interrogea-t-elle.

Il eut un mouvement de tête désespéré.

— Oh! moi !... On arme pour l'Afrique... Je vais demander à partir... Il y aura bien une balle qui voudra de moi...

Elle mit la main sur l'épaule de son mari :

— Écoute-moi... Nous avons dix minutes... C'est plus qu'il n'en faut.

Puis, comme il cherchait à se dégager...

— Ne m'interromps pas, laisse-moi parler, fit-elle avec volubilité, une flamme dans les yeux, ses lèvres chaudes sur les lèvres d'Armand, qui était enveloppé de son souffle embrasé... Oui, je suis coupable... C'est vrai... Tout est vrai... J'ai empoisonné cet homme...

C'était pour être à toi... Je t'aimais. Je savais
que tu allais revenir. Il n'y avait plus que
quinze jours. L'idée de te revoir, après la pro
messe que tu m'avais faite, m'affolait, me mettait hors de moi. Et il vivait toujours... L'obstacle était là. Plusieurs fois il m'avait écrit
sans que je répondisse. Un soir, il m'envoya
une lettre plus pressante. Il était dans un état
désespéré. Néanmoins, le médecin déclara
qu'il pouvait traîner six mois encore. Six mois,
quand tu serais là, quand depuis deux ans...

Armand l'éloigna brusquement.

— Et tu l'as empoisonné ?

— J'ai abrégé ses souffrances.

— Et tu es venue m'offrir une main chaude
du crime encore ?

— Je t'aimais.

— Tu n'as pas craint d'associer ma vie sans
tache, mon nom ?...

Il fit un geste terrible.

— Malheureuse ! malheureuse !

Puis il éclata en sanglots, la tête dans ses
mains.

Comme dans le rêve, elle voulut écarter ses
doigts, arrêter ses larmes.

— Je t'aimais, j'étais folle ! dit-elle, la voix
brûlante.

A ce moment, on frappa doucement à la porte.

Il fit un geste brusque, s'arrachant à son étreinte, se dégageant.

— Allons, on s'impatiente là-bas... Es-tu prête? fit-il d'un ton qu'il s'efforça de rendre ferme.

Elle l'embrasa de son souffle.

— Me tuer, ce serait me séparer de toi !

Puis elle lui glissa dans l'oreille :

— Fuyons !... Il est temps encore. Par la fenêtre. Il y a des pays où on ne nous poursuivra pas, où nous pourrons continuer à nous aimer.

Il s'éloigna d'elle avec horreur.

— Que je me fasse ton complice !... Que je déserte avec toi... quittant mon devoir...

Elle se pendit à son cou, haletante, affolée.

— Non, non, s'écria-t-il avec énergie... C'est assez d'être associé malgré moi... Il faut mourir ! Le sang lave !

Il lui mit de force le revolver dans la main, tout armé.

Elle eut un geste de révolte.

— Je ne veux pas mourir !...

— Tu aimes-mieux la prison, l'infamie?...

— Que m'importe ! fit-elle, découvrant le fond de sa nature.

Il eut un frémissement en la voyant ainsi, hideuse, telle qu'elle était... Le vernis qui la couvrait à ses yeux s'était comme écaillé brusquement. La rugosité de la peinture était apparue.

Il en fut épouvanté.

— Ce n'est pas, s'écria-t-il, ton nom que tu souilles, c'est le mien... Et je ne veux pas qu'il soit souillé.

— Tue-moi donc ! hurla-t-elle.

— Je ne te tuerai pas, mais je veux que tu meures !...

Elle se redressa.

— Et moi, je ne veux pas mourir !

— Lâche ! siffla-t-il.

Elle tournait autour de la chambre, cherchant une issue, prête à escalader la fenêtre.

On frappa de nouveau, avec plus d'impatience.

Il courut à elle, la ramena au milieu de la pièce, brisée, les poignets tordus.

Un coup de feu retentit.

Il tomba, ses mains lâchèrent prise.

Elle eut un ricanement cruel, jeta l'arme fumante et enjamba l'appui.

Deux agents se montrèrent sur le balcon.

Elle rentra dans la chambre, hors d'elle.

Alors Armand se dressa tout sanglant, l'attira, la fit tomber sur lui et, bouche à bouche, lui brûla la cervelle.

Leur sang se mêla... et ils moururent en s'étreignant, dans la crispation suprême de l'agonie.

FIN D' « ARMANDE ».

Paris. — Soc. d'imp. PAUL DUPONT, 41, rue J.-J.-Rousseau (Cl.) 49.6.81.

LIBRAIRIE DE E. DENTU, ÉDITEUR, PALAIS-ROYAL

Publications récentes. — Format grand in-18 jésu

Maxime Aubray............	Le 145e Régiment (illustré). 1 vol...	3 50
Louis Boussenard..........	Le Sultan de Bornéo (illustré). 1 vol...	3 50
Auguste Barbier..........	Souvenirs personnels. 1 vol.........	3 50
Dick de Lonlay............	En Bulgarie (illustré). 1 vol........	3 50
Maurice Dubard	La Vie en Chine et au Japon (illus.). 1 vol.	4 »
Darimon..................	Histoire de douze ans. 1 vol......	3 50
Charles Diguet..........	Mémoires d'un fusil. 1 vol........	3 50
Georges Grison..........	Souvenirs de la place de la Roquette. 1 vol.	3 »
Jules Hoche..............	Les Parisiens chez eux. 1 vol........	3 50
Charles Joliet	Les pseudonymes du jour, 1 vol......	2 »
Imbert de Saint-Amand....	La jeunesse de l'Imp. Joséphine. 1 vol.	3 50
	La Citoyenne Bonaparte. 1 vol......	3 50
J. L. Macquarie..........	Voyage à Madagascar (illustré). 1 vol...	4 »
Charles Monselet..........	Mon dernier-né. 1 vol..........	3 »
Robida..................	Voyages de Saturnin Farandoul (illus.).2 v.	7 »
Victor Tissot..............	L'Allemagne amoureuse. 1 vol......	3 50
Pierre Véron..............	L'art de vivre cent ans (illustré). 1 vol...	3 50

Romans. — Collection à 3 francs le volume.

Gustave Aimard...........	Le Rastréador..............	2 vol.
Philibert Audebrand.......	A qui sera-t-elle?..........	1 —
Alfred Assollant..........	Les Crimes de Polichinelle..........	1 —
Henri Augu..............	Les Amours au sérail..........	2 —
F. du Boisgobey..........	Mérindol..............	1 —
Adolphe Belot..........	Reine de Beauté..........	1 —
—	La Princesse Sophia..........	1 —
Charles Buet..........	La Petite Princesse..........	4 —
Edouard Cadol..........	La Vie en l'air..........	1 —
Henri Chabrillat..........	Les Amours d'une Millionnaire..........	1 —
G. de Cherville..........	La Piaffeuse..........	1 —
Eugène Chavette..........	L'Oreille du Cocher..........	1 —
Gustave Claudin..........	Le Store baissé..........	1 —
Dubut de Laforest..........	Mademoiselle Tantale..........	1 —
Ernest Daudet..........	La Caissière..........	1 —
Louis Davyl..........	Les Enfants de la Balle..........	1 —
Georges Duval..........	Le Premier amant..........	1 —
A. J. Dalsème..........	Le Bâillon..........	1 —
Charles Deslys..........	La Comtesse Rouge..........	1 —
Fortunio..........	La Vierge de Belem..........	1 —
Jules de Gastyne..........	Farandole..........	1 —
G. de Lalandelle..........	Les Coureurs d'aventures..........	1 —
Georges Lachaud..........	Pour de l'argent..........	1 —
Richard Lesclide..........	La Femme impossible..........	1 —
Hector Malot..........	Les Besoigneux..........	2 —
A. Matthey..........	La Belle Julie..........	1 —
—	La Veuve vierge..........	1 —
Catulle Mendès..........	L'Amour qui pleure et qui rit..........	1 —
Charles Mérouvel..........	Les derniers Kérandal..........	2 —
Xavier de Montépin..........	Le Secret du Titan..........	2 —
	La Demoiselle de compagnie..........	4 —
Victor Perceval..........	Une Date fatale..........	1 —
René de Pont-Jest..........	La Femme de cire..........	1 —
Adolphe Racot..........	Le Supplice de Lovelace..........	1 —
Auguste Saulière..........	Déshonorée..........	1 —
Léopold Stapleaux..........	La Langue de Mme Z***..........	1 —
Alfred Sirven..........	Sous la Livrée..........	1 —
J. Touzin..........	La Vertu de Madeleine..........	1 —
Saint-François..........	Confession galante..........	/
Vast-Ricouard..........	La Petite de Chavry..........	
Talmeyr..........	Madame Alphonse..........	
Pierre Zaccone..........	La Belle Diane..........	

Romans. — Collection à 3 fr. 50 le volume.

Alphonse Daudet..........	L'Évangéliste..........
Jules Claretie..........	Noris..........
Ernest Detré..........	La Comtesse Luciane..........
M. L. Gagneur..........	La Vengeance du Beau Vicaire..........
Arsène Houssaye..........	Les Douze Nouvelles nouvelles (illustré).
Robida..........	La Vie en rose (illustré)..........
Paul Saunière..........	La Petite Marquise..........
Ed. Montagne..........	Le Bâtard de Ravaillac..........
Charles Mérouvel..........	Angèle Méraud..........
Pierre Véron..........	Le Guide de l'adultère (illustré)...

Soc. d'imp. Paul Dupont (Cl.) 75 7.84

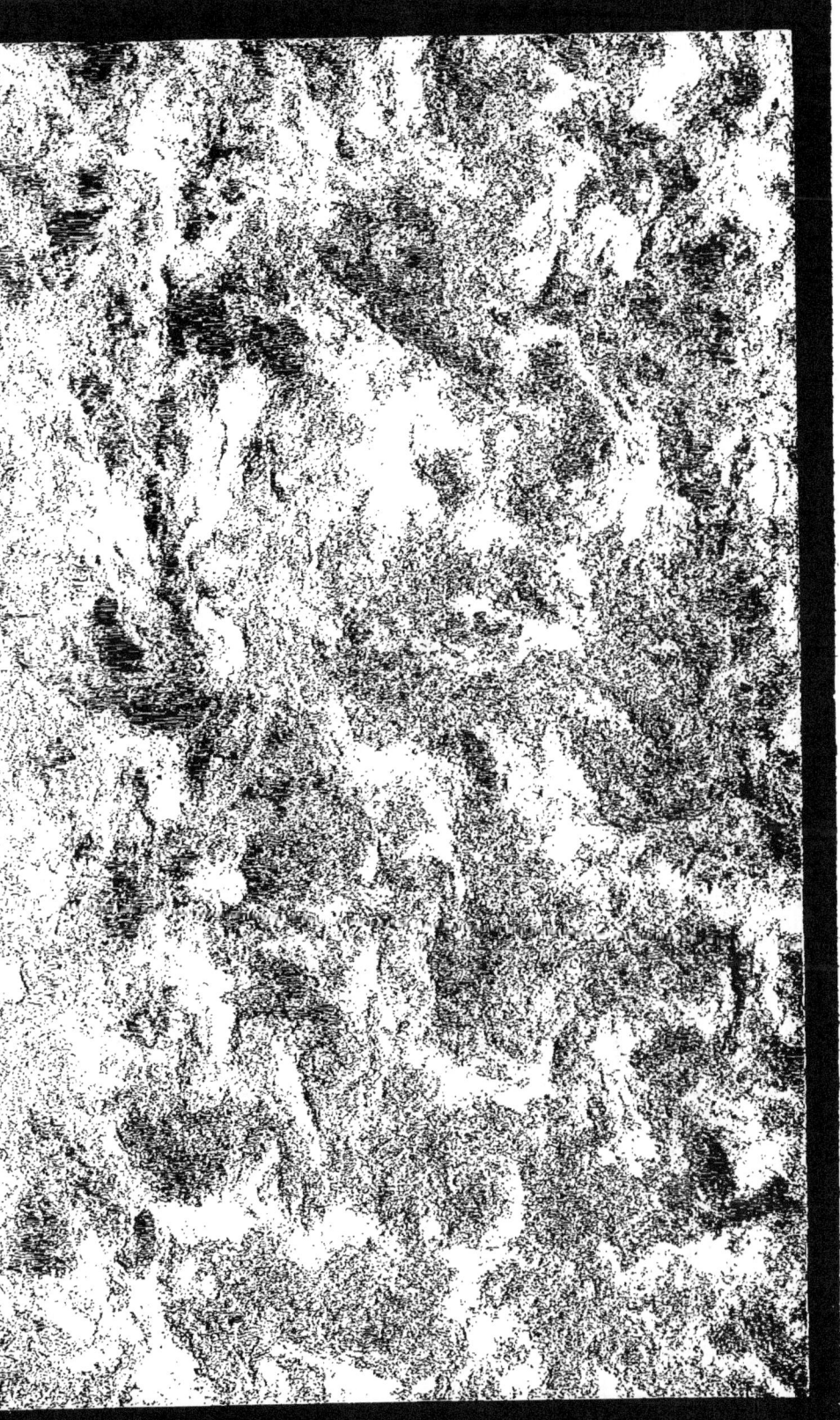

BIBLIOTHEQUE NATIONALE DE FRANCE

3 7502 016745327

www.ingramcontent.com/pod-product-compliance
Lightning Source LLC
Chambersburg PA
CBHW050207030726
47505CB00005B/1550